Verlag Volk und Welt Berlin

Thomas Bernhard

Der Untergeher

ISBN 3-353-00037-2

1. Auflage
Lizenzausgabe des Verlages Volk und Welt,
Berlin 1986
für die Deutsche Demokratische Republik
L. N. 302, 410/79/86

Printed in the German Democratic Republic
Gesamtgestaltung: Jörg Brosig
Satz, Druck und Einband: Karl-Marx-Werk
Pößneck V15/30
LSV 7311
Bestell-Nr. 648 701 0

00640

Lange vorausberechneter Selbstmord,
dachte ich, kein spontaner Akt
von Verzweiflung.

Auch Glenn Gould, unser Freund und der wichtigste Klaviervirtuose des Jahrhunderts, ist nur einundfünfzig geworden, dachte ich beim Eintreten in das Gasthaus.
Nur hat der sich nicht wie Wertheimer umgebracht, sondern ist, wie gesagt wird, *eines natürlichen Todes* gestorben.
Viereinhalb Monate New York und immer wieder die *Goldbergvariationen* und *Die Kunst der Fuge*, viereinhalb Monate *Klavierexerzitien*, wie Glenn Gould immer wieder nur in Deutsch gesagt hat, dachte ich.
Vor genau achtundzwanzig Jahren hatten wir in Leopoldskron gewohnt und bei Horowitz studiert und (was Wertheimer und mich betrifft, nicht aber Glenn Gould naturgemäß) während eines völlig verregneten Sommers von Horowitz mehr gelernt, als die acht Jahre Mozarteum und Wiener Akademie vorher. Horowitz hat alle unsere Professoren null und nichtig gemacht. Aber diese fürchterlichen Lehrer waren notwendig gewesen, um Horowitz zu begreifen. Zweieinhalb Monate regnete es ununterbrochen und wir hatten uns in unseren Zimmern in Leopoldskron eingeschlossen und arbeiteten Tag und Nacht, die Schlaflosigkeit (des Glenn Gould!) war zu unserem entscheidenden Zustand geworden, in der Nacht erarbeiteten wir uns, was uns Horowitz am Tag gelehrt hatte. Wir aßen beinahe nichts und hatten auch die ganze Zeit keine Rückenschmerzen, die uns sonst immer gequält hatten, solange wir bei unseren alten Professoren studierten; unter Horowitz kamen diese Rückenschmerzen gar nicht auf, weil wir mit einer solchen Intensität studierten, daß sie nicht aufkommen konnten. Als wir den Unterricht bei Horowitz beendet hatten, war es klar, daß Glenn schon der bessere Klavierspieler war als Horowitz selbst, plötzlich hatte ich den Eindruck gehabt, Glenn spiele besser als Horowitz, und von diesem Augenblick an war Glenn der wichtigste Klaviervir-

tuose auf der ganzen Welt für mich, so viele Klavierspieler ich auch von diesem Augenblick an hörte, keiner spielte so wie Glenn, selbst Rubinstein, den ich immer geliebt habe, war nicht besser. Wertheimer und ich waren gleich gut, auch Wertheimer hat immer wieder gesagt, Glenn ist der beste, wenn wir auch noch nicht zu sagen gewagt haben, daß er *der beste des Jahrhunderts* sei. Als Glenn nach Kanada zurück ging, hatten wir tatsächlich *unseren kanadischen Freund* verloren, wir dachten nicht, ihn jemals wieder zu sehen, er war von seiner Kunst in einer Weise besessen gewesen, daß wir annehmen mußten, er könne diesen Zustand nicht mehr lange hinausschieben und werde in kurzer Zeit sterben. Aber zwei Jahre, nachdem wir mit ihm bei Horowitz studiert hatten, spielte Glenn bei den Salzburger Festspielen die Goldbergvariationen, die er zwei Jahre vorher mit uns am Mozarteum Tag und Nacht geübt und immer wieder einstudiert hatte. Die Zeitungen schrieben nach seinem Konzert, daß noch *kein Pianist* die Goldbergvariationen so kunstvoll gespielt habe, sie schrieben also nach seinem Salzburger Konzert das, was wir schon zwei Jahre vorher behauptet und gewußt hatten. Wir hatten uns mit Glenn nach seinem Konzert verabredet, im *Ganshof* in Maxglan, einem alten, von mir geliebten Gasthaus. Wir tranken Wasser und redeten nichts. Ohne zu Zögern hatte ich bei unserer Wiederbegegnung zu Glenn gesagt, daß wir, Wertheimer (der aus Wien nach Salzburg gekommen war) und ich, nicht einen Augenblick an ein Wiedersehen mit ihm, Glenn, geglaubt hätten, wir hätten immer nur den einzigen Gedanken gehabt, Glenn würde nach seiner Rückkehr aus Salzburg in Kanada rasch zugrunde gehen, an seiner *Kunstbesessenheit*, an seinem *Klavierradikalismus.* Tatsächlich hatte ich das Wort *Klavierradikalismus* zu ihm gesagt. *Mein Klavierradikalismus*, hat Glenn dann immer wieder gesagt und ich weiß, daß er diesen

 Ausdruck auch in Kanada und in Amerika immer wieder verwendet hat. Schon damals, also beinahe dreißig Jahre vor seinem Tod, hat Glenn keinen anderen Komponisten mehr geliebt als Bach, als zweiten Händel, Beethoven verachtete er, selbst Mozart war nicht jener von mir wie kein anderer geliebter, wenn *er* über ihn redete, dachte ich, als ich ins Gasthaus eintrat. Nicht einen einzigen Ton hat Glenn jemals ohne seine Singstimme angeschlagen, dachte ich, kein anderer Klavierspieler hat diese Gewohnheit jemals gehabt. Von seiner Lungenkrankheit sprach er, als wär sie seine zweite Kunst. Daß wir zur gleichen Zeit dieselbe Krankheit gehabt haben und dann immer gehabt haben, dachte ich, und letztenendes auch Wertheimer diese unsere Krankheit bekommen hat. Aber Glenn ist nicht an dieser Lungenkrankheit zugrunde gegangen, dachte ich. Die Ausweglosigkeit hat ihn umgebracht, in welche er sich in beinahe vierzig Jahren *hineingespielt* hat, dachte ich. Er hat das Klavierspiel nicht aufgegeben, dachte ich, naturgemäß, während Wertheimer und ich das Klavierspiel aufgegeben haben, weil wir es nicht zu dieser Ungeheuerlichkeit gemacht haben wie Glenn, der aus dieser Ungeheuerlichkeit nicht mehr herausgekommen ist, der auch gar nicht den Willen dazu gehabt hat, aus dieser Ungeheuerlichkeit herauszukommen. Wertheimer ließ seinen *Bösendorfer*flügel im Dorotheum versteigern, ich verschenkte meinen *Steinway* eines Tages an eine neunjährige Lehrertochter aus Neukirchen bei Altmünster, um nicht mehr von ihm gequält zu werden. Das Lehrerkind hat meinen Steinway in der kürzesten Zeit ruiniert, mich schmerzte diese Tatsache nicht, im Gegenteil, ich beobachtete diese stumpfsinnige Zerstörung mit perverser Lust. Wertheimer war, so er selbst immer wieder, in die *Geisteswissenschaft* hineingegangen, ich hatte meinen *Verkümmerungsprozeß* aufgenommen. Ohne die Musik, die ich von einem Tag auf den anderen nicht mehr aushalten konnte, verkümmerte ich, ohne die *praktische* Musik, die *theoretische* hatte vom ersten Augenblick an nur eine verheerende Wirkung auf mich. Von einem Augenblick auf den andern hatte ich das Klavier gehaßt, mein eigenes, mich nicht mehr spielen hören können; ich wollte mich nicht mehr an meinem Instrument *vergreifen.* So suchte ich eines Tages den Lehrer auf, um ihm mein Geschenk anzukündigen, meinen Steinway, ich hätte gehört, daß seine Tochter für das Klavier begabt sei, hatte ich zu ihm gesagt und ihm den Steinwaytransport in sein Haus angekündigt. Ich sei *rechtzeitig* zur Überzeugung gekommen, daß ich selbst nicht für eine Virtuosenlaufbahn geeignet sei, hatte ich zum Lehrer gesagt, da ich in allem immer nur *das Höchste* wolle, müsse ich mich von meinem Instrument trennen, denn auf ihm erreichte ich mit Sicherheit, wie ich plötzlich eingesehen habe, nicht das Höchste, so sei es selbstverständlich, daß ich seiner begabten Tochter mein Klavier zur Verfügung stellte, nicht ein einzigesmal werde ich den Deckel meines Klaviers mehr aufklappen, hatte ich zu dem verblüfften Lehrer gesagt, einem ziemlich primitiven Mann, der mit einer noch primitiveren Frau, ebenfalls aus Neukirchen bei Altmünster, verheiratet ist. Die Transportkosten übernehme ich selbstverständlich! hatte ich zu dem Lehrer gesagt, der mir von Kindheit an bekannt und vertraut ist, eben auch seine Einfältigkeit, um nicht sagen zu müssen Dummheit. Der Lehrer hat mein Geschenk *sofort* angenommen, dachte ich, als ich in das Gasthaus eintrat. Ich hatte nicht einen Augenblick an das Talent seiner Tochter geglaubt; über alle Landkinder von Lehrern wird immer behauptet, sie hätten Talent, vor allem Musiktalent, aber in Wahrheit haben sie für gar nichts Talent, alle diese Kinder sind immer ganz und gar talentlos und wenn ein solches Kind in eine Flöte blasen oder an einer Zither zupfen oder auf einem Klavier klimpern kann, so ist es noch kein Talentbeweis. Ich wußte, daß

 ich mein kostbares Instrument der absoluten Nichtswürdigkeit ausliefere und gerade deshalb ließ ich es zum Lehrer bringen. Die Lehrertochter hat mein Instrument, eines der besten überhaupt, eines der rarsten und also gesuchtesten und also auch teuersten, in der kürzesten Zeit zugrunde gerichtet, unbrauchbar gemacht. Aber gerade diesen Vorgang der Zugrunderichtung meines geliebten Steinway hatte ich ja haben *wollen.* Wertheimer ist in die Geisteswissenschaften hineingegangen, wie er immer wieder gesagt hat, ich bin in meinen Verkümmerungsprozeß eingetreten und indem ich mein Instrument in das Lehrerhaus geschafft habe, war dieser Verkümmerungsprozeß von mir auf die bestmögliche Weise eingeleitet. Wertheimer hatte aber noch jahrelang, nachdem ich meinen Steinway an die Lehrertochter verschenkt hatte, Klavier gespielt, weil er noch jahrelang geglaubt hat, Klaviervirtuose werden zu können. Er spielte im übrigen tausendmal besser, als die meisten unserer öffentlich auftretenden Klaviervirtuosen, aber schließlich hatte es ihn nicht befriedigt, bestenfalls ein solcher Klaviervirtuose zu sein wie alle anderen in Europa und hatte aufgehört, war in die Geisteswissenschaften eingetreten. Ich selbst hatte, wie ich glaube, noch besser als Wertheimer gespielt, aber ich hätte niemals so gut spielen können wie Glenn und ich habe aus diesem Grund (also aus demselben Grund wie Wertheimer!) das Klavierspiel von einem Augenblick auf den andern aufgegeben. Ich hätte besser spielen müssen als Glenn, das war aber nicht möglich, war ausgeschlossen, also verzichtete ich auf das Klavierspiel. Ich wachte an einem, ich weiß nicht mehr genau an welchem, Apriltag auf und sagte mir, *kein Klavierspiel mehr.* Und ich rührte das Instrument auch nicht mehr an. Ich ging sofort zum Lehrer und kündigte ihm den Klaviertransport an. Dem Philosophischen werde ich mich von jetzt an widmen, dachte ich, wie ich zum Lehrer ging, wenn ich naturgemäß auch nicht die geringste Ahnung haben konnte, was dieses Philosophische sei. Ich bin absolut kein Klaviervirtuose, sagte ich mir, ich bin kein Interpret, ich bin kein reproduzierender Künstler. Überhaupt kein Künstler. Das Verkommene meines Gedankens hatte mich sofort angezogen. Die ganze Zeit auf dem Weg zum Lehrer hatte ich immer wieder diese drei Wörter gesprochen: *überhaupt kein Künstler! Überhaupt kein Künstler! Überhaupt kein Künstler!* Hätte ich Glenn Gould nicht kennengelernt, ich hätte wahrscheinlich das Klavierspiel nicht aufgegeben und ich wäre ein Klaviervirtuose geworden und vielleicht sogar einer der besten Klaviervirtuosen der Welt, dachte ich im Gasthaus. Wenn wir dem Ersten begegnen, müssen wir aufgeben, dachte ich. Glenn habe ich merkwürdigerweise auf dem Mönchsberg kennengelernt, auf meinem Kindheitsberg. Ich hatte ihn zwar schon vorher im Mozarteum gesehen, aber kein Wort mit ihm gesprochen gehabt vor dieser Begegnung auf dem Mönchsberg, der auch der Selbstmordberg genannt wird, weil er wie nichts sonst für den Selbstmord geeignet ist und es stürzen sich ja auch wenigstens drei oder vier allwöchentlich von ihm aus in die Tiefe. Die Selbstmörder fahren mit dem Lift im Innern des Berges auf ihn hinauf, gehen ein paar Schritte und stürzen sich in die Stadt hinunter. Die auf der Straße Aufgeplatzten haben mich immer fasziniert und ich selbst bin (wie übrigens Wertheimer auch!) sehr oft auf den Mönchsberg hinaufgestiegen oder hinaufgefahren in der Absicht, mich von ihm hinunter zu stürzen, aber ich habe mich nicht hinuntergestürzt (wie auch Wertheimer nicht!). Mehrere Male hatte ich mich (wie Wertheimer auch!) schon zum Absprung aufgestellt, aber bin, wie Wertheimer, nicht abgesprungen. Ich habe umgedreht. Natürlich haben sich bis jetzt mehr umgedreht, als daß abgesprungen sind, dachte ich. Glenn traf ich auf dem Mönchsberg auf der sogenannten *Richterhöhe*, von wo aus man den besten Blick nach Deutschland hat. Ich hatte ihn angesprochen, ich hatte gesagt, *wir studieren beide bei Horowitz.* Ja, hatte er geantwortet. Wir schauten auf die deutsche Ebene hinunter und Glenn setzte sich sofort mit der *Kunst der Fuge* auseinander. Ich bin an einen hochintelligenten Wissenschaftsmenschen gekommen, hatte ich gedacht. Er habe ein Rockefellerstipendium, sagte er. Im übrigen sei sein Vater ein reicher Mann. Häute, Felle, sagte er, er sprach besser deutsch als unsere Mitstudenten aus der österreichischen Provinz. Ein Glück, daß Salzburg hier und nicht vier Kilometer weiter unten in Deutschland liegt, sagte er, nach Deutschland wäre ich nicht gegangen. Es war vom ersten Augenblick eine *Geistesfreundschaft.* Die meisten selbst allerberühmtesten Klavierspieler haben keine Ahnung von ihrer Kunst, sagte er. Aber so ist es in allen Kunstsparten, sagte ich, genauso in der Malerei, in der Schriftstellerei, sagte ich, auch die Philosophen sind sich der Philosophie nicht bewußt. Die meisten Künstler sind sich ihrer Kunst nicht bewußt. Haben eine dilettantische Kunstauffassung, bleiben zeitlebens im Dilettantismus hängen, selbst die allerweltberühmtesten. Wir hatten uns gleich verstanden, waren, das muß ich sagen, vom ersten Augenblick an angezogen von unseren Gegensätzen, die tatsächlich die entgegengesetztesten waren in unserer selbstverständlichen gleichen *Kunstauffassung.* Erst ein paar Tage nach dieser Begegnung auf dem Mönchsberg ist Wertheimer zu uns gestoßen. Glenn, Wertheimer und ich, die wir die ersten zwei Wochen getrennt gewohnt hatten, alle in völlig unzulänglichen Behausungen in der Altstadt, mieteten uns schließlich auf die Dauer unseres Horowitzkurses ein Haus in Leopoldskron, in welchem wir machen konnten, was wir wollten. In der Altstadt hatte alles lähmend auf uns gewirkt, die Luft war nicht einzuatmen, die Menschen waren nicht auszuhalten, die Mauerfeuchtigkeit hatte uns und unseren Instrumenten zugesetzt. Überhaupt hatten wir den Horowitzkurs nur deshalb fortsetzen können, weil wir aus der Stadt ausgezogen sind, die im Grunde die kunst- und geistfeindlichste ist, die man sich denken kann, ein stumpfsinniges Provinznest mit dummen Menschen und kalten Mauern, in welchen mit der Zeit alles zum Stumpfsinn gemacht wird, ausnahmslos. Es ist unsere Rettung gewesen, unsere Habseligkeiten zu packen und nach Leopoldskron hinauszuziehen, das damals noch eine grüne Wiese war, auf welcher die Kühe weideten und Hunderttausende von Vögeln Heimat hatten. Die Stadt Salzburg selbst, die heute, bis in die kleinsten Winkel hinein frisch gestrichen, noch viel scheußlicher ist als damals vor achtundzwanzig Jahren, war und ist gegen alles in einem Menschen und vernichtet es mit der Zeit, das hatten wir sofort erkannt und waren aus ihr weg nach Leopoldskron. Die Salzburger waren immer fürchterlich wie ihr Klima und komme ich heute in diese Stadt, bestätigt sich nicht nur mein Urteil, es ist alles noch viel fürchterlicher. Aber gerade in dieser geist- und kunstfeindlichen Stadt bei Horowitz zu studieren, war sicher der größte Vorteil. Ist die Umgebung, in welcher wir studieren, uns feindlich gesinnt, so studieren wir besser, als in einer solchen uns freundlich gesinnten, der Studierende tut immer gut daran, einen Studienort zu wählen, der ihm feindlich gesinnt ist, keinen, der ihm freundlich gesinnt ist, denn der ihm freundlich gesinnte Ort nimmt ihm einen Großteil der Konzentration auf das Studium, der ihm feindlich gesinnte dagegen ermöglicht ihm ein hundertprozentiges Studium, weil er sich auf dieses Studium konzentrieren *muß*, um nicht zu verzweifeln, insofern ist Salzburg wahrscheinlich wie alle anderen sogenannten schönen Städte für ein Studium absolut zu empfehlen, allerdings nur für einen starken Charakter, ein schwacher geht unweigerlich in der kürzesten Zeit zugrunde. Drei Tage sei Glenn *in den Zauber* dieser Stadt vernarrt gewesen, dann habe er plötzlich gesehen, daß dieser Zauber, wie gesagt wird, ein fauler sei, daß diese Schönheit im Grunde abstoßend ist und die Menschen in dieser abstoßenden Schönheit gemein seien. Das Voralpenklima macht gemütskranke Menschen, die schon sehr früh dem Stumpfsinn anheimfallen und die *mit der Zeit bösartig* werden, sagte ich. Wer hier lebt, weiß das, wenn er ehrlich ist, wer hierher kommt, sieht es nach kurzer Zeit und er muß, bevor es für ihn zu spät ist, wieder weggehen, will er nicht werden, wie diese stumpfsinnigen Bewohner, wie diese gemütskranken Salzburger, die mit ihrem Stumpfsinn alles abtöten, das noch nicht so ist wie sie selbst. Zuerst habe er gedacht, wie schön es sei, hier aufzuwachsen, aber schon zwei, drei Tage nach seiner Ankunft erschien es ihm als ein Alptraum, hier hereingeboren zu werden und aufzuwachsen, erwachsen werden zu müssen. Dieses Klima und diese Mauern töten die Sensibilität ab, sagte er. Ich hatte nichts mehr hinzuzufügen. In Leopoldskron konnte uns der Ungeist dieser Stadt nicht mehr gefährlich werden, dachte ich bei meinem Eintritt in das Gasthaus. Im Grunde war es nicht Horowitz allein, der mich das Klavierspiel in seiner höchsten Konsequenz lehrte, es war der während des Studiums bei Horowitz tagtägliche Umgang mit Glenn Gould, dachte ich. Es waren diese zwei, die mir überhaupt die Musik ermöglichten, den Musikbegriff, dachte ich. Mein letzter Lehrer vor Horowitz war Wührer gewesen, einer jener Lehrer, die einen in der Mittelmäßigkeit ersticken, ganz zu schweigen von den vorher absolvierten, die alle, wie gesagt wird, hervorragende Namen haben, alle Augenblicke in den großen Städten auftreten und hochdotierte Lehrstühle an unseren berühmten Akademien haben, aber sie sind nichts anderes als klavierspielende Zugrunderichter, die keine Ahnung vom Musikbegriff haben, dachte ich. Überall spielen und sitzen diese Musiklehrer und ruinieren Tausende und Hunderttausende von Musikschülern, als wäre es ihre Lebensaufgabe, die außerordentlichen Talente junger Musikmenschen im Keim zu ersticken. Nirgendwo herrscht eine solche Verantwortungslosigkeit wie an unseren Musikakademien, die sich neuerdings Musik*universitäten* nennen, dachte ich. Von zwanzigtausend Musiklehrern ist nur ein einziger der ideale. Horowitz war dieser ideale, dachte ich. Glenn wäre, wenn er sich dafür hergegeben hätte, ein solcher gewesen. Glenn hatte, wie Horowitz, das ideale Gefühl und den idealen Verstand für diese Lehre, für diesen Kunstvermittlungszweck. Jährlich gehen Zehntausende Musikhochschüler den Weg in den Musikhochschulstumpfsinn und werden von ihren unqualifizierten Lehrern zugrunde gerichtet, dachte ich. Werden unter Umständen berühmt und haben doch nichts begriffen, dachte ich bei meinem Eintritt in das Gasthaus. Werden Gulda oder Brendel und sind doch nichts. Werden Gilels und sind doch nichts. Auch Wertheimer wäre, hätte er Glenn nicht getroffen, sicher einer unserer wichtigsten Klaviervirtuosen geworden, dachte ich, er hätte so wie ich sozusagen das Philosophische, die Geisteswissenschaften nicht mißbrauchen müssen, denn wie ich seit Jahrzehnten die Philosophie oder das Philosophische, mißbrauchte Wertheimer bis zum Schluß die sogenannten Geisteswissenschaften. Er hätte seine Zettel nicht vollgeschrieben, dachte ich, wie ich nicht meine Manuskripte, Geistesverbrechen, wie ich dachte, als ich ins Gasthaus eintrat. Wir treten als Klaviervirtuosen an und werden Stöberer und Wühler in den Geisteswissenschaften und in den Philosophien und verkommen. Weil wir nicht bis zum Äußersten und über das Äußerste hinausgegangen sind, dachte ich, aufgegeben haben im Hinblick auf ein Genie in unserem Fach. Aber wenn ich ehrlich bin, hätte ich ja auch niemals der Klaviervirtuose werden können, weil ich im Grunde niemals ein Klaviervirtuose sein wollte, weil ich dagegen immer die größten Vorbehalte gehabt habe und das

Klaviervirtuosentum nur mißbraucht habe in meinem Verkümmerungsprozeß, ja den Klavierspieler immer als lächerlich empfunden habe von Anfang an; verführt von meinem ganz und gar außerordentlichen Talent auf dem Klavier, habe ich es in das Klavierspiel hineingetrieben und dann, nach eineinhalb Jahrzehnten Tortur, verjagt, urplötzlich, skrupellos. Es ist nicht meine Art, der Sentimentalität meine Existenz zu opfern. Ich bin in Gelächter ausgebrochen und habe das Klavier in das Lehrerhaus transportieren lassen und habe mich tagelang an meinem eigenen Gelächter über den Klaviertransport amüsiert, das ist die Wahrheit, mich über meine in einem einzigen Augenblick von mir zerschlagene Klaviervirtuosenlaufbahn lustig gemacht. Und wahrscheinlich war diese auf einmal von mir zerschlagene Klaviervirtuosenlaufbahn ein notwendiger Teil meines Verkümmerungsprozesses, dachte ich, als ich ins Gasthaus eintrat. Wir probieren alles Mögliche aus und brechen es immer wieder ab, werfen Jahrzehnte urplötzlich auf den Abfallhaufen. Wertheimer war immer langsamer, nie so entschieden in den Entscheidungen wie ich, er hat sein Klaviervirtuosentum erst Jahre nach mir auf den Abfallhaufen geworfen und zum Unterschied von mir, es nicht und niemals überwunden, immer wieder hörte ich ihn jammern, er hätte das Klavierspiel nicht aufgeben sollen, es weitermachen sollen, *ich* sei zu einem gewissen Grad der Schuldige, immer sein Vorbild in wichtigen Fragen gewesen, in Existenzentscheidungen, so er einmal, dachte ich, als ich ins Gasthaus eintrat. Der Besuch des Horowitzunterrichts war für mich wie für Wertheimer tödlich, für Glenn jedoch sein Genie gewesen. Nicht Horowitz hatte Wertheimer und mich, was das Klaviervirtuosentum und im Grunde genommen überhaupt die Musik betrifft, getötet, sondern Glenn, dachte ich. Glenn hat uns das Klaviervirtuosentum unmöglich gemacht schon zu einem Zeitpunkt, in welchem wir

beide noch fest an unser Klaviervirtuosentum geglaubt hatten. Noch jahrelang nach dem Horowitzkurs hatten wir an unser Virtuosentum geglaubt, während es schon tot gewesen war in dem Augenblick, in welchem wir Glenn kennengelernt hatten. Wer weiß, ob ich, wäre ich nicht zu Horowitz gegangen, hätte ich also auf meinen Lehrer Wührer gehört, nicht doch heute ein Klaviervirtuose wäre, einer, wie ich dachte, jener berühmten, die das ganze Jahr über zwischen Buenos Aires und Wien hin- und herreisen mit ihrer Kunst. Und Wertheimer auch. Sofort sagte ich mir selbst aber ein entschiedenes Nein, denn ich haßte von Anfang an das Virtuosentum mit seinen Begleiterscheinungen, ich haßte vor allem den Auftritt vor der Menge und ich haßte wie nichts den Applaus, ich ertrug ihn nicht, lange Zeit wußte ich nicht, ertrage ich die schlechte Luft in den Konzertsälen nicht oder den Applaus oder beides nicht, bis mir klar war, daß ich *das Virtuosentum* an sich und vor allem das Klaviervirtuosentum nicht ertragen konnte. Denn ich haßte wie nichts sonst das Publikum und alles, das mit diesem Publikum zusammenhängt und also haßte ich den (und die) Virtuosen selbst auch. Und Glenn spielte ja auch nur zwei oder drei Jahre öffentlich, dann ertrug er es nicht mehr und blieb zuhause und wurde da, in seinem Haus in Amerika, der beste und der wichtigste aller Klavierspieler. Als wir ihn vor zwölf Jahren das letzte Mal aufsuchten, hatte er schon zehn Jahre kein öffentliches Konzert mehr gegeben. Er war in der Zwischenzeit der hellsichtigste aller Narren geworden. Er hatte den Gipfel seiner Kunst erreicht und es war nur eine Frage der allerkürzesten Zeit, daß ihn der Gehirnschlag treffen mußte. Wertheimer hatte damals das gleiche Gefühl, daß Glenn nur mehr noch die kürzeste Zeit zu leben habe, daß ihn der Schlag treffen werde, hatte er zu mir gesagt. Wir waren zweieinhalb Wochen in Glenns
 Haus, in welchem er sich ein *Studio* eingerichtet hatte.

Wie während des Horowitzkurses in Salzburg, spielte er mehr oder weniger Tag und Nacht Klavier. Jahrelang, ein Jahrzehnt lang. Ich habe vierunddreißig Konzerte gegeben in zwei Jahren, das genügt für mein ganzes Leben, hatte Glenn gesagt. Wertheimer und ich spielten mit Glenn Brahms von zwei Uhr nachmittags, bis ein Uhr in der Nacht. Glenn hatte drei Wärter um sein Haus aufgestellt, die ihm die Leute vom Leib hielten. Zuerst hatten wir ihn nicht belästigen wollen mit einer einzigen Übernachtung, dann aber blieben wir zweieinhalb Wochen und mir und Wertheimer war wieder klargeworden, wie richtig es gewesen ist, das Klaviervirtuosentum aufzugeben. *Mein lieber Untergeher*, hatte Glenn Wertheimer begrüßt, mit amerikanisch-kanadischer Kaltblütigkeit hatte er Wertheimer immer nur als *Untergeher* bezeichnet, mich immer ganz trocken als *Philosoph*, was mir nichts ausmachte. Wertheimer, der *Untergeher*, ging für Glenn immer unter, ununterbrochen unter, ich hatte für Glenn alle Augenblicke und wahrscheinlich in unerträglicher Regelmäßigkeit das Wort *Philosoph* im Mund, so waren wir ganz naturgemäß für ihn der *Untergeher* und der *Philosoph*, dachte ich, in das Gasthaus eintretend. Der *Untergeher* und der *Philosoph* waren nach Amerika gekommen, um den Klaviervirtuosen Glenn wiederzusehen, zu keinem anderen Zweck. Und um viereinhalb Monate in New York zu verbringen. Zum Großteil mit Glenn zusammen. Nach Europa habe er keine Sehnsucht, hatte Glenn gleich zur Begrüßung gesagt. Europa komme für ihn nicht mehr in Frage. Er habe sich in seinem Haus *verrammelt.* Auf lebenslänglich. Den Wunsch nach Verrammelung haben wir drei lebenslänglich immer gehabt. Alle drei waren wir die geborenen Verrammlungsfanatiker. Glenn aber hatte seinen Verrammelungsfanatismus am weitesten vorangetrieben. In New York wohnten wir neben dem Hotel Taft, eine bessere Lage für unsere Zwecke gab es nicht. Glenn hatte sich in einem Hinterzimmer des Taft einen Steinway aufstellen lassen, spielte dort täglich acht bis zehn Stunden, oft auch in der Nacht. Er war keinen Tag ohne Klavierspiel. Wertheimer und ich liebten New York von Anfang an. Es ist die schönste Stadt der Welt, die gleichzeitig die beste Luft hat, sagten wir immer wieder, nirgendwo auf der Welt haben wir eine bessere Luft eingeatmet. Glenn bestätigte, was wir fühlten: New York ist die einzige Stadt auf der Welt, in welcher ein Geistesmensch ungehindert aufatmet, sobald er sie betritt. Alle drei Wochen kam Glenn zu uns, zeigte uns die verborgenen Winkel Manhattans. Das Mozarteum war eine schlechte Schule, dachte ich beim Eintreten in das Gasthaus, andererseits gerade für uns die beste, denn sie hat uns die Augen geöffnet. Alle Hochschulen sind schlecht und die wir besuchen, ist immer die schlechteste, wenn sie uns nicht die Augen öffnet. Was für miserable Lehrer haben wir zu erdulden gehabt, haben sich an unseren Köpfen vergriffen. Kunstaustreiber waren sie alle, Kunstvernichter, Geisttöter, Studentenmörder. Horowitz war eine Ausnahme, Markewitsch, Vegh, dachte ich. Aber ein Horowitz macht noch keine erstklassige Akademie, dachte ich. Die Stümper beherrschten das Gebäude, das wie kein zweites in der Welt berühmt war und auch heute noch ist; sagte ich, ich komme vom Mozarteum, gehen den Leuten die Augen über. Wertheimer war wie Glenn Sohn reicher Eltern, nicht nur wohlhabender. Ich selbst hatte auch keinerlei wirtschaftliche Sorgen. Es ist immer von Vorteil, Freunde aus dem gleichen Milieu und in der gleichen wirtschaftlichen Verfassung zu haben, dachte ich, als ich ins Gasthaus eintrat. Da wir im Grunde keine Geldsorgen hatten, war es uns möglich gewesen, uns ausschließlich unseren Studien zu widmen, sie so radikal als nur möglich voranzutreiben, wir hatten auch nichts anderes im Kopf, nur mußten wir fortwährend unsere Entwicklungsverhinderer aus dem Weg räumen, unsere Professoren und deren Minderwertigkeiten und Scheußlichkeiten. Das Mozarteum ist noch heute weltberühmt, aber es ist die denkbar schlechteste Musikhochschule, dachte ich. Aber wäre ich nicht auf das Mozarteum gegangen, ich hätte niemals Wertheimer und Glenn kennengelernt, dachte ich, meine Lebensfreunde. Ich kann heute gar nicht mehr sagen, wie ich auf die Musik gekommen bin, alle in meiner Familie waren sie unmusikalisch, antikünstlerisch, hatten zeitlebens nichts mehr gehaßt als Kunst und Geist, das aber wahrscheinlich war das Ausschlaggebende für mich, mich eines Tages in das zuerst nur gehaßte Klavier zu verlieben und einen alten Familienehrbar gegen einen tatsächlich wunderbaren Steinway einzutauschen, um es der gehaßten Familie zu zeigen, den Weg zu gehen, von welchem sie von Anfang an erschüttert gewesen war. Nicht die Kunst, nicht die Musik, nicht das Klavierspiel ist es gewesen, nur die Opposition gegen die Meinigen, dachte ich. Das Klavierspiel auf dem Ehrbar hatte ich gehaßt, es war mir von den Eltern aufgezwungen gewesen wie allen andern in der Familie, der Ehrbar war ihr Kunstmittelpunkt gewesen und sie hatten es darauf bis zu den letzten Brahms- und Regerstücken gebracht. Diesen Familienkunstmittelpunkt hatte ich *gehaßt*, aber den mir von meinem Vater erzwungenen, unter den fürchterlichsten Umständen aus Paris herbeigeschafften Steinway *geliebt*. Ich mußte auf das Mozarteum gehen, um es ihnen zu zeigen, ich hatte ja überhaupt keinen Musikbegriff und das Klavierspiel war mir niemals eine Leidenschaft, aber ich benützte es als Mittel zum Zweck gegen meine Eltern und die ganze Familie, ich nützte es aus gegen sie und ich begann es gegen sie zu *beherrschen*, von Tag zu Tag besser, von Jahr zu Jahr mit einer noch größeren Virtuosität. Ich bin gegen sie auf das Mozarteum gegangen, dachte ich im Gasthaus. Unser Ehrbar stand im sogenannten Musikzimmer und war ihr Kunstmittelpunkt, mit welchem sie auftrumpften an den Samstagnachmittagen. Den Steinway mieden sie, die Leute blieben aus, der Steinway hatte der Ehrbarzeit ein Ende gemacht. Von dem Tag an, an welchem ich auf dem Steinway spielte, gab es in meinem Elternhaus keinen Kunstmittelpunkt mehr. Der Steinway, dachte ich im Gasthaus stehend und mich umsehend, war gegen die Meinigen gerichtet. Ich bin auf das Mozarteum gegangen, um mich an ihnen zu rächen, aus keinem anderen Grund, um sie für die Verbrechen zu bestrafen, die sie an mir verbrochen hatten. Nun hatten sie einen Künstler als Sohn, eine von ihnen aus gesehen verabscheuungswürdige Figur. Und ich mißbrauchte das Mozarteum gegen sie, setzte alle seine Mittel ein gegen sie. Wenn ich ihre Ziegeleien übernommen und das ganze Leben auf ihrem alten Ehrbar gespielt hätte, wären sie zufrieden gewesen, so hatte ich mich von ihnen abgetrennt durch den im Musikzimmer aufgestellten Steinway, der ein Vermögen gekostet und tatsächlich aus Paris in unser Haus transportiert werden hatte müssen. Zuerst hatte ich auf dem Steinway bestanden, dann, wie es sich für den Steinway gehörte, auf dem Mozarteum. Ich duldete, wie ich heute sagen muß, keinen Widerspruch. Ich war über Nacht zum Künstler entschlossen gewesen und forderte alles. Ich hatte sie überrumpelt, dachte ich, mich im Gasthaus umsehend. Der Steinway war mein Bollwerk gegen sie, gegen ihre Welt, gegen den Familien- und gegen den Weltstumpfsinn. Ich war nicht, wie es Glenn gewesen war, vielleicht sogar Wertheimer, was ich nicht hundertprozentig sagen kann, zum Klaviervirtuosen geboren, aber ich zwang mich ganz einfach dazu, redete es mir, spielte es mir ein, muß ich sagen, mit der größten Rücksichtslosigkeit gegen sie. Mit dem Steinway war es mir aufeinmal möglich gewesen, gegen sie aufzutreten. Ich hatte mich aus Verzweiflung gegen sie zum Künstler gemacht, was das Naheliegendste gewesen war, zum Klaviervirtuosen, möglichst gleich zum Weltklaviervirtuosen, der gehaßte Ehrbar in unserem Musikzimmer hatte mich auf die Idee gebracht und ich habe diese Idee als Waffe gegen sie ausnützend zur höchsten und allerhöchsten Perfektion gegen sie entwickelt. Aber bei Glenn ist es nicht anders gewesen, auch nicht bei Wertheimer, der nur Kunst und also Musik studiert hat, um seinen Vater vor den Kopf zu stoßen, wie ich weiß, dachte ich im Gasthaus. Daß ich Klavier studiere, ist für meinen Vater eine Katastrophe, hat Wertheimer zu mir gesagt. Glenn sagte es radikaler: sie hassen mich und mein Klavier. Sage ich Bach, sind sie nahe daran, zu erbrechen, sagte Glenn. Er war schon weltberühmt, waren seine Eltern noch unversöhnlich. Aber während er konsequent geblieben war und sie schließlich und endlich doch, wenn auch erst zwei oder drei Jahre vor seinem Tod, von seinem Genie überzeugen konnte, hatten Wertheimer und ich doch unseren Eltern recht gegeben, indem wir in unserem Virtuosentum scheiterten, und schon sehr früh scheiterten, *auf die beschämendste Weise*, wie ich von meinem Vater oft zu hören bekommen habe. Aber mich bedrückte der Umstand meines Scheiterns als Klaviervirtuose nicht so, wie er Wertheimer bedrückte, der zeitlebens bis zum Ende darunter gelitten hat, aufgegeben zu haben, sich den Geisteswissenschaften ergeben zu haben, von welchen er bis zuletzt nicht gewußt hat, was sie eigentlich seien, so wie ich bis heute nicht weiß, was das Philosophische ist, die Philosophie überhaupt. Glenn ist der Triumphator, wir sind die Gescheiterten, dachte ich im Gasthaus. Glenn hat seine Existenz zum einzig richtigen Zeitpunkt beendet, dachte ich. Und er hat sie nicht selbst, also durch eigene Hand, abgetötet, wie Wertheimer, der keine andere Wahl hatte, der sich erhängen hat müssen, dachte ich. Wie Glenns Ende lange vorauszusehen gewesen war, war auch Wertheimers Ende lange vorauszusehen, dachte ich. Glenn soll mitten in den Goldbergvariationen vom Schlag getroffen worden sein. Wertheimer hat den Tod Glenns nicht ertragen. Er schämte sich nach Glenns Tod, noch am Leben zu sein, sozusagen das Genie überlebt zu haben, das peinigte ihn das ganze letzte Jahr, wie ich weiß. Zwei Tage, nachdem wir in der Zeitung gelesen hatten, daß Glenn tot sei, hatten wir von Glenns Vater Telegramme bekommen, worin dieser uns den Tod seines Sohnes mitteilte. Kaum saß er am Klavier, war er auch schon in sich zusammengesunken gewesen, dachte ich, er sah dann aus wie ein Tier, bei näherer Betrachtung wie ein Krüppel, bei noch näherer Betrachtung aber dann wie der scharfsinnige, schöne Mensch, der er gewesen war. Von seiner mütterlichen Großmutter habe er, Glenn, Deutsch gelernt, das er, wie ich schon angedeutet habe, fließend gesprochen hat. Er beschämte mit seiner Aussprache alle unsere deutschen und österreichischen Mitschüler, die eine völlig verwahrloste deutsche Sprache gesprochen haben und diese völlig verwahrloste deutsche Sprache lebenslänglich sprechen, weil sie kein Gefühl für ihre Sprache haben. Aber wie kann ein Künstler kein Gefühl für seine Muttersprache haben! hat Glenn oft gesagt. Er trug jahraus, jahrein die gleiche, wenn auch nicht dieselbe Hose, sein Gang war leicht, mein Vater hätte gesagt: herrschaftlich. Er liebte die klare Definition und haßte das Ungefähre. Ein Lieblingswort von ihm war das Wort *Selbstdisziplin*, immer wieder sagte er es, auch im Unterricht bei Horowitz, wie ich mich erinnere. Am liebsten lief er kurz nach Mitternacht noch auf die Straße oder jedenfalls aus dem Haus hinaus, das hatte ich schon in Leopoldskron beobachtet. Wir müssen uns immerfort frische Luft zuführen, sagte er, sonst hindert es uns, weiterzukommen, lähmt uns in unserem Vorhaben, das Höchste zu erreichen. Er war der rücksichtsloseste Mensch gegen sich selbst. Er gestattete sich keine Ungenauigkeit. Nur aus dem Denken entwickelte er seine

Rede. Er verabscheute Menschen, die nicht zuende Gedachtes redeten, also verabscheute er beinahe die ganze Menschheit. Und vor dieser verabscheuten Menschheit hat er sich schließlich schon vor über zwanzig Jahren zurückgezogen. Er war der einzige weltbedeutende Klaviervirtuose, der sein Publikum verabscheute und sich auch von diesem verabscheuten Publikum tatsächlich und endgültig zurückgezogen hat. Er brauchte es nicht. Er kaufte sich das Haus im Wald und richtete sich in diesem Haus ein und perfektionierte sich. Er und Bach bewohnten dieses Haus in Amerika bis zu seinem Tod. Er war ein Ordnungsfanatiker. Alles in seinem Haus war Ordnung. Als ich es mit Wertheimer zum erstenmal betrat, dachte ich nurmehr noch an seinen eigenen *Begriff der Selbstdisziplin.* Nachdem wir in sein Haus eingetreten waren, fragte er uns nicht etwa, ob wir Durst hätten, sondern setzte sich an den Steinway und spielte uns jene Partien aus den Goldbergvariationen vor, die er uns einen Tag vor seiner Abreise nach Kanada in Leopoldskron vorgespielt hatte. Sein Spiel war jetzt genauso perfekt wie damals. Im Augenblick war mir klar, so spielt kein einziger außer ihm auf der ganzen Welt. Er sackte in sich zusammen und fing an. Spielte von unten nach oben sozusagen, nicht wie alle andern, von oben nach unten. Das war sein Geheimnis. Jahrelang hatte ich mich mit dem Gedanken gequält, ob es richtig sei, ihn in Amerika aufzusuchen. Ein erbärmlicher Gedanke. Wertheimer wollte zuerst nicht, ich mußte ihn schließlich überreden. Wertheimers Schwester war dagegen, daß ihr Bruder den weltberühmten, für ihn, wie sie meinte, gefährlichen Glenn Gould aufsucht. Wertheimer hat sich aber schließlich gegen seine Schwester durchgesetzt und ist mit mir nach Amerika und zu Glenn. Immer wieder hatte ich mir gesagt, es ist die letzte Möglichkeit, Glenn zu sehen. Ich erwartete tatsächlich seinen Tod und ich hatte ihn unbedingt nocheinmal sehen wollen, spielen hören wollen, dachte ich, als ich im Gasthaus stand und den schlechten Geruch des Gasthauses einatmete, den ich von früher kannte. Ich kannte Wankham. Ich war immer in Wankham in diesem Gasthaus abgestiegen, wenn ich Wertheimer besuchte, denn bei Wertheimer konnte ich nicht übernachten, er ertrug keinen Übernachtungsgast. Ich schaute mich nach der Wirtin um, aber es war nichts zu hören. Wertheimer haßte Übernachtungsgäste, verabscheute sie. Überhaupt Gäste, gleich welche, er empfing sie und komplimentierte sie, kaum waren sie da, gleich wieder hinaus, nicht daß er auch mich sofort wieder hinauskomplimentiert hätte, dazu war ich doch zu vertraut mit ihm, aber nach ein paar Stunden sah er es doch lieber, daß ich verschwinde, anstatt zu bleiben und zu übernachten. Ich habe niemals bei ihm übernachtet, es wäre mir nie eingefallen, dachte ich, nach der Wirtin Ausschau haltend. Glenn war ein Großstadtmensch wie übrigens ich selbst auch, wie Wertheimer, wir liebten im Grunde alles Großstädtische und haßten das Land, das wir aber (wie übrigens die Großstadt auf ihre Weise auch) bis zum Äußersten ausnützten. Wertheimer und Glenn waren schließlich wegen ihrer kranken Lungen aufs Land gegangen, Wertheimer noch widerwilliger als Glenn, Glenn in letzter Konsequenz, weil er schließlich die ganze Menschheit nicht mehr ertragen konnte, Wertheimer wegen seiner andauernden Hustenanfälle in der Stadt und weil ihm sein Internist gesagt hat, daß er in der Großstadt keine Überlebenschance habe. Wertheimer hat über zwei Jahrzehnte bei seiner Schwester auf dem Kohlmarkt Zuflucht gefunden, in einer der größten und luxuriösesten Wiener Wohnungen. Aber schließlich verheiratete sich seine Schwester mit einem sogenannten Großindustriellen in der Schweiz und ging zu ihrem Ehemann nach Zizers bei Chur. Ausgerechnet in die Schweiz und ausgerechnet mit einem Chemiekonzernbesitzer, wie sich Wertheimer mir gegenüber ausdrückte. Eine katastrophale Verbindung. Sie hat mich im Stich gelassen, jammerte Wertheimer immer wieder. In der plötzlich leeren Wohnung war er die erste Zeit wie gelähmt gewesen, saß nach dem Auszug der Schwester tagelang in einem Sessel bewegungslos, rannte dann wie ein Verrückter durch die Räume, immer wieder hin und zurück und zog sich schließlich in das väterliche Jagdhaus nach Traich zurück. Nach dem Tod seiner Eltern hat er immerhin zwanzig Jahre mit seiner Schwester zusammengelebt und diese Schwester tyrannisiert, wie ich weiß, ihr jahrelang Kontakte zu Männern und überhaupt zur Gesellschaft unmöglich gemacht, sie abgeschirmt, sie an sich gekettet sozusagen. Aber sie ist ausgebrochen und hat ihn stehenlassen in ihren gemeinsam ererbten alten, aus den Fugen geratenen Möbeln. Wie hat sie mir das antun können, hat er zu mir gesagt, dachte ich. Ich habe alles für sie getan, mich für sie aufgeopfert und sie ließ mich stehen, ganz einfach zurück, läuft diesem neureichen Subjekt in die Schweiz nach, diesem grauenhaften Charakter, hat Wertheimer gesagt, dachte ich im Gasthaus. Ausgerechnet nach Chur, in diese fürchterliche Gegend, in welcher der Katholizismus tatsächlich zum Himmel stinkt. Zizers, was für ein scheußlicher Ortsname! hat er ausgerufen und mich gefragt, ob ich jemals in Zizers gewesen sei und ich erinnerte mich, daß ich mehrere Male auf dem Weg nach Sankt Moritz durch Zizers gekommen bin, dachte ich. Stumpfsinn, Klöster und Chemiekonzerne, sonst nichts, sagte er. Er verstieg sich mehrere Male zu der Behauptung, er habe sein Klaviervirtuosentum seiner Schwester zuliebe aufgegeben, *wegen ihr habe ich Schluß gemacht*, meine Karriere geopfert, sagte er, alles aufgeopfert, das mir mein Ein und Alles gewesen ist. So versuchte er, sich aus seiner Verzweiflung herauszulügen, dachte ich. Die Wohnung auf dem Kohlmarkt ging über drei Stockwerke und sie war mit allen nur denkbaren Kunstwerken angestopft, was mich immer bedrückte, wenn ich meinen Freund aufsuchte. Er selbst behauptete, diese Kunstwerke zu hassen, sie seien von seiner Schwester angehäuft worden, er hasse sie, habe nicht das geringste dafür übrig, schob überhaupt sein ganzes Unglück auf seine Schwester, die ihn wegen eines größenwahnsinnigen Schweizers im Stich gelassen habe. Im Ernst hat er mir einmal gesagt, er habe sich vorgestellt, in dieser Kohlmarktwohnung alt zu werden mit seiner Schwester, *mit ihr werde ich hier alt, in diesen Zimmern*, hat er mir einmal gesagt. Es ist anders gekommen, die Schwester ist ihm entglitten, hat ihm den Rücken gekehrt, möglicherweise im allerletzten Moment, dachte ich. Erst Monate, nachdem seine Schwester geheiratet hatte, war er wieder auf die Straße gegangen, war er sozusagen wieder vom Sitzer zum Geher geworden. In seiner besten Zeit ging er vom Kohlmarkt in den Zwanzigsten Bezirk und von diesem in den Einundzwanzigsten und durch die Leopoldstadt zurück in den Ersten und ging dann noch stundenlang im Ersten hin und her, bis er nicht mehr konnte. Auf dem Land war er wie gelähmt. Da ging er kaum ein paar Schritte zum Wald hin. Das Land ödet mich an, sagte er immer wieder. Glenn hat recht, wenn er mich immer auch als *Asphaltgeher* bezeichnet, sagte Wertheimer, *ich gehe nur auf dem Asphalt, auf dem Land gehe ich nicht, es langweilt mich unendlich und ich bleibe in der Hütte sitzen.* Als Hütte bezeichnete er das von den Eltern ererbte Jagdhaus, in welchem vierzehn Zimmer waren. Tatsache ist, daß er sich in diesem Jagdhaus in der Frühe anzog, als hätte er vor, an die fünfzig oder sechzig Kilometer zu gehen, mit hohen Lederschnürschuhen, dickem Lodenzeug, einer Filzkappe auf dem Kopf. Aber er trat nur hinaus, um festzustellen, daß er keine Lust habe, wegzugehen und zog sich wieder aus und setzte sich im unteren Zimmer hin und starrte auf die ihm gegenüberliegende Wand. Der Internist sagt, ich habe in der Stadt keine Chance, sagte er, aber hier habe ich überhaupt keine Chance. Ich hasse das Land. Andererseits bin ich gewillt, die Anordnungen des Internisten zu befolgen, damit ich mir keine Vorwürfe machen muß. Aber weggehen und überhaupt gehen auf dem Land, kann ich nicht. Es ist mir das Unsinnigste, ich begehe diese Unsinnigkeit nicht, das Verbrechen dieser Verrücktheit begehe ich nicht. Regelmäßig ziehe ich mich an, sagte er und gehe vor das Haus und kehre um und ziehe mich wieder aus, gleich zu welcher Jahreszeit, es ist immer das gleiche. Wenigstens beobachtet niemand meine Verrücktheit, sagte er, dachte ich im Gasthaus. Wie Glenn, duldete auch Wertheimer keine Menschen um sich. So wurde er mit der Zeit unerträglich. Aber ich selbst, dachte ich, im Gasthaus stehend, wäre auch nicht imstande, auf dem Land zu leben, deshalb lebe ich ja auch in Madrid und denke nicht daran, von Madrid wegzugehen, aus dieser herrlichsten aller Städte, in welcher ich alles habe, was die Welt zu bieten hat. Der auf dem Land Lebende verdummt mit der Zeit, ohne daß er es merkt, eine zeitlang glaubt er, es sei originell und seiner Gesundheit förderlich, aber das Landleben ist überhaupt nicht originell, sondern eine Abgeschmacktheit für jeden, der nicht auf dem und für das Land geboren ist und es ist seiner Gesundheit nur schädlich. Die Leute, die auf das Land gehen, gehen auf dem Land ein und sie führen eine wenigstens groteske Existenz, die sie zuerst in die Verdummung und dann in den lächerlichen Tod führt. Einem Großstadtmenschen empfehlen, auf das Land zu gehen, damit er überlebt, ist eine internistische Gemeinheit, dachte ich. Alle diese Beispiele von Leuten, die aus der Großstadt auf das Land gegangen sind, um dort besser und länger zu leben, sind nur fürchterliche Beispiele, dachte ich. Aber Wertheimer war ja schließlich nicht nur das Opfer seines Internisten, sondern mehr noch das Opfer seiner Überzeugung, daß seine Schwester nur noch für ihn da sei. Tatsächlich sagte er mehrere Male, daß seine Schwester für ihn geboren worden sei, um bei ihm zu bleiben, sozusagen um ihn zu schützen. Niemand hat mich so enttäuscht wie meine Schwester! hat er einmal ausgerufen, dachte ich. Er hat sich an die Schwester tödlich gewöhnt, dachte ich. An dem Tag, an welchem ihn seine Schwester verlassen hat, schwor er ihr ewigen Haß und hat alle Vorhänge der Kohlmarktwohnung zugezogen, um sie nie wieder zu öffnen. Immerhin hat er sein Vorhaben vierzehn Tage durchhalten können, am vierzehnten Tag öffnete er die Vorhänge der Kohlmarktwohnung wieder und stürzte wie wahnsinnig auf die Straße, ausgehungert nach Essen und Menschen. Der Untergeher ist aber schon auf dem Graben zusammengebrochen, wie ich weiß. Nur dem Glück, daß ein ihm Verwandter gerade vorbeiging, hatte er es zu verdanken, daß er gleich wieder in seine Wohnung zurückgebracht worden ist, dachte ich, sonst hätten sie ihn wahrscheinlich in die Irrenanstalt am Steinhof eingeliefert, denn sein Aussehen war das eines Irrsinnigen. Nicht Glenn war der Schwierigste von uns, Wertheimer war es. Glenn war stark, Wertheimer war unser Schwächster. Glenn war nicht wahnsinnig, wie immer wieder behauptet worden ist und behauptet wird, sondern Wertheimer war es, wie ich behaupte. Zwanzig Jahre hat er seine Schwester an sich fesseln können, mit Tausenden, ja Hunderttausenden von Fesseln, dann ist sie ihm ausgebrochen und hat, wie ich glaube, sogar eine gute Partie gemacht, wie gesagt wird. Die von Natur aus reiche Schwester hat einen *stein*reichen Schweizer geheiratet. Weder das Wort Schwester noch das Wort Chur könne er mehr hören, so Wertheimer, wie ich ihn zum letztenmal gesehen habe. Nicht einmal eine Karte schrieb sie mir, sagte er, dachte ich im Gasthaus, mich umschauend. Sie war heimlich von ihm weggegangen und hatte alles in der Wohnung liegen-

und stehenlassen, überhaupt nichts hat sie mitgenommen, sagte er immer wieder. Obwohl sie mir versprochen hat, daß sie mich nicht verlassen wird, niemals, so er, dachte ich. Noch dazu ist meine Schwester *die Übergetretene*, wie er sich ausdrückte, tief katholisch, rettungslos katholisch, sagte er. Aber so sind diese Tief-Religiösen, Tief-Katholischen, Übergetretenen, sagte er, sie schrecken vor nichts und selbst vor dem größten Verbrechen nicht zurück, sie verlassen den eigenen Bruder und werfen sich irgendeinem dahergelaufenen Halbseidenmenschen, der es zufällig und durch Skrupellosigkeit zu Geld gebracht hat, an die Brust, so er bei meinem letzten Besuch, dachte ich. Ich sehe ihn vor mir, höre genau, was er sagt, in diesen abgehackten Sätzen, die er schon immer gebraucht hat, die ganz ihm entsprochen haben. *Unser Untergeher ist ein fanatischer Mensch*, hat Glenn einmal gesagt, *er stirbt beinahe ununterbrochen an Selbstmitleid*, ich sehe Glenn noch, wie er das sagt, höre, wie er es sagt, es war auf dem Mönchsberg, auf der sogenannten Richterhöhe, wo ich sehr oft mit Glenn, aber ohne Wertheimer gewesen war, wenn Wertheimer aus irgendeinem Grund allein sein wollte, ohne uns, sehr oft in beleidigtem Zustand. Als *Der Gekränkte* bezeichnete ich ihn immer wieder. Nach dem Auszug der Schwester hatte er sich in immer kürzeren Abständen nach Traich zurückgezogen, weil mir Traich verhaßt ist, nach Traich, so er. In der Kohlmarktwohnung blieb der Staub liegen, denn er ließ in seiner Abwesenheit niemand hinein. In Traich blieb er oft tagelang im Haus, ließ sich nur eine Kanne Milch bringen von seinem Holzknecht, Butter, Brot, ein Stück Selchfleisch. Und las seine Philosophen, Schopenhauer, Kant, Spinoza. Auch in Traich hatte er fast die ganze Zeit, die er dort war, die Vorhänge zugezogen. Einmal habe ich gedacht, ich kaufe mir wieder einen Bösendorfer, sagte er, aber dann habe ich diese Idee wieder aufgegeben, das wäre doch eine Verrücktheit. Übrigens habe ich seit fünfzehn Jahren kein Klavier mehr angerührt, sagte er, dachte ich im Gasthaus, unschlüssig, ob ich rufen solle oder nicht. Es war der größte Irrtum, zu glauben, ich könne Künstler sein, eine Künstlerexistenz führen. Aber ich hätte mich auch nicht gleich in die Geisteswissenschaften flüchten können, ich mußte diesen Umweg über das Künstlertum machen, sagte er. Glaubst du, ich wäre ein großer Klaviervirtuose geworden? fragte er mich, wartete naturgemäß keine Antwort ab und lachte ein fürchterliches *Niemals* aus sich heraus. Du ja, sagte er, aber ich nicht. Du hattest das Zeug, sagte er, das habe ich ja gesehen, ein paar Takte von dir und das war mir klar, du ja, aber ich nicht. Und bei Glenn war es von vornherein klar, daß der ein Genie ist. Unser amerikanisch-kanadisches Genie. Jeder von uns scheitert aus dem entgegengesetzten Grund, sagte Wertheimer, dachte ich. Ich hatte nichts zu beweisen, nur alles zu verlieren, sagte er, dachte ich. Unsere Vermögen waren wahrscheinlich unser Unglück, sagte er, gleich darauf aber: Glenn hat sein Vermögen nicht umgebracht, es hat ihn das Genie werden lassen. Ja, wenn wir nicht an den Glenn gekommen wären, sagte Wertheimer. Wenn uns der Name Horowitz nichts bedeutet hätte. Wenn wir überhaupt nicht nach Salzburg gegangen wären! sagte er. In dieser Stadt haben wir uns den Tod geholt, indem wir bei Horowitz studiert und Glenn Gould kennengelernt haben. Unser Freund hat unseren Tod bedeutet. Wir waren ja besser als alle andern, die bei Horowitz studiert haben, aber Glenn war besser als Horowitz selbst, sagte Wertheimer, ich höre ihn noch, dachte ich. Andererseits, sagte er, wir leben noch, er nicht. So viele in seinem Umkreis seien bis jetzt gestorben, so viele Verwandte, Freunde, Bekannte, keiner dieser Todesfälle habe ihn auch nur im geringsten erschüttert, Glenns Tod aber habe ihn *tödlich* getroffen, das *tödlich* war von ihm ungeheuer präzis ausgesprochen. Wir müssen ja nicht mit einem

Menschen zusammensein, um mit ihm wie mit keinem andern verbunden zu sein, sagte er. Glenns Tod habe ihn *zutiefst* getroffen, hat er gesagt, dachte ich, im Gasthaus stehend. Obwohl dieser Tod wie kein zweiter vorauszusehen gewesen war, eine Selbstverständlichkeit, so er. Wir begreifen ihn trotzdem nicht, wir verstehen ihn, begreifen ihn nicht. Glenn hatte die größte Vorliebe gehabt für das Wort und für den Begriff Untergeher, ich erinnere mich genau, der Untergeher war ihm in der Sigmund Haffnergasse eingefallen. Wir sehen, wenn wir Menschen anschauen, nur Verstümmelte, sagte Glenn einmal zu uns, außen oder innen oder innen *und* außen verstümmelt, es gibt keine andern, dachte ich. Je länger wir einen Menschen anschauen, desto verstümmelter erscheint er uns, weil er so verstümmelt ist, wie wir nicht wahrhaben wollen, wie es aber der Fall ist. Die Welt ist voller Verstümmelter. Wir gehen auf die Straße und treffen nur Verstümmelte. Wir laden uns einen Menschen ein und wir haben einen Verstümmelten im Haus, so Glenn, dachte ich. Tatsächlich habe ich selbst immer wieder diese Beobachtung gemacht und Glenn nur bestätigen können. Wertheimer, Glenn, ich, alles Verstümmelte, dachte ich. Freundschaft, Künstlerschaft! dachte ich, mein Gott, was für ein Wahnsinn! Ich bin der Übriggebliebene! Jetzt bin ich allein, dachte ich, denn, wenn ich die Wahrheit sage, hatte ich doch nur zwei Menschen in meinem Leben, die mir dieses Leben bedeutet haben: Glenn und Wertheimer. Jetzt sind Glenn und Wertheimer tot und ich habe mit dieser Tatsache fertig zu werden. Das Gasthaus machte auf mich einen verkommenen Eindruck, wie alle Gasthäuser in dieser Gegend war in ihm alles schmutzig und die Luft war, wie gesagt wird, zum Schneiden. Die Unappetitlichkeit war überall. Ich hätte längst nach der Wirtin, die ich kannte, rufen können, aber ich rief nicht. Wertheimer soll mit der Wirtin mehrere Male geschlafen haben, natürlich in ihrem Gast-, nicht in seinem Jagdhaus, so wird berichtet, dachte ich. Glenn hatte im Grunde doch nur die *Goldbergvariationen* und *Die Kunst der Fuge* gespielt, auch wenn er etwas anderes gespielt hat, Brahms etwa oder Mozart, Schönberg oder Webern, von welchen er die höchste Meinung hatte, aber Schönberg stellte er über Webern, nicht umgekehrt, wie man glauben will. Wertheimer hat Glenn mehrere Male nach Traich eingeladen, aber Glenn war niemals mehr nach Europa gekommen nach seinem Konzert bei den Salzburger Festspielen. Wir korrespondierten auch nicht, denn die paar Karten, die wir uns in den vielen Jahren geschickt haben, kann man nicht als Korrespondenz bezeichnen. Glenn schickte uns regelmäßig seine Schallplatten und wir bedankten uns dafür, das war alles. Im Grunde verband uns das vollkommen Nichtsentimentale unserer Freundschaft, auch Wertheimer war ja völlig unsentimental, wenn es auch oft den Anschein hatte vom Gegenteil. Wenn er jammerte, war es nicht Sentimentalität, sondern Berechnung, Kalkül. Die Idee, nach dem Tod Wertheimers noch einmal sein Jagdhaus sehen zu wollen, kam mir aufeinmal absurd vor, ich griff mich an den Kopf, ohne das auch wirklich zu tun. Aber meine Handlungsweise ist doch keine sentimentalistische, dachte ich, mich im Gasthaus umschauend. Zuerst hatte ich nur die Wiener Kohlmarktwohnung aufsuchen wollen, mich aber dann entschlossen, zuerst nach Traich zu fahren, um das Jagdhaus nocheinmal in Augenschein zu nehmen, in welchem Wertheimer die zwei letzten Jahre zugebracht hat, wie ich weiß unter den fürchterlichsten Umständen. Nach der Verheiratung seiner Schwester hatte er es nur mit Mühe noch drei Monate in Wien ausgehalten, war durch die Stadt geirrt, wie ich mir denken kann, unter den fortwährenden Verfluchungen gegen seine Schwester bis zu dem Zeitpunkt, in welchem er ganz einfach aus Wien weg mußte, um sich in Traich zu verstecken. Seine letzte

Karte nach Madrid hatte mich entsetzt. Seine Schrift war die Schrift eines alten Menschen, Anzeichen von Verrücktheit waren nicht zu übersehen gewesen auf dieser Karte, die Unzusammenhängendes mitteilte. Aber ich hatte nicht die Absicht, nach Österreich zu kommen, in meiner Calle del Prado-Wohnung war ich zu intensiv mit meiner Arbeit *Über Glenn Gould* beschäftigt gewesen, diese Arbeit hätte ich unter keinen Umständen unterbrochen, denn dann wäre sie mir verloren gewesen, was ich nicht riskieren wollte, so antwortete ich Wertheimer gar nicht mehr auf die Karte, die mir sofort als bedenklich erschienen ist während des Lesens. Wertheimer hatte die Idee gehabt, zu Glenns Begräbnis nach Amerika zu fliegen, das hatte ich aber abgelehnt, allein flog er nicht. Erst drei Tage nachdem sich Wertheimer aufgehängt hatte, war ich daraufgekommen, daß er so wie Glenn einundfünfzig geworden ist. Wenn wir das fünfzigste Jahr überschritten haben, kommen wir uns gemein vor und charakterlos, dachte ich, wie lange wir diesen Zustand aushalten, ist die Frage. Viele bringen sich im einundfünfzigsten Jahr um, dachte ich. Viele im zweiundfünfzigsten, aber mehr im einundfünfzigsten. Es ist gleichgültig, ob sie sich im einundfünfzigsten umbringen oder ob sie im einundfünfzigsten eines, wie gesagt wird, natürlichen Todes sterben, gleich, ob sie sterben wie Glenn oder ob sie sterben wie Wertheimer. Die Ursache ist sehr oft die Scham über die Grenzüberschreitung, die der Fünfzigjährige empfindet, wenn er das fünfzigste Lebensjahr hinter sich hat. Denn fünfzig Jahre sind absolut genug, dachte ich. Wir machen uns gemein, wenn wir die fünfzig überschreiten und weiterleben, weiterexistieren. Wir sind grenzüberschreitende Feiglinge, dachte ich, die sich doppelt erbärmlich gemacht haben, wenn sie die fünfzig hinter sich gebracht haben. Jetzt bin ich der Schamlose, dachte ich. Ich beneidete die Toten. Einen Augenblick haßte ich sie wegen ihrer Überlegenheit. Als eine Verirrung betrachtete ich die Tatsache, nach Traich gefahren zu sein aus Neugierde, aus dem billigsten aller Gründe, im Gasthaus stehend, das Gasthaus verabscheuend, verabscheute ich mich selbst am tiefsten. Und wer weiß, dachte ich, ob mich überhaupt jemand in das Jagdhaus hineinläßt, denn zweifellos sind längst die neuen Besitzer da und empfangen niemanden, am wenigsten mich, der ich ihnen immer verhaßt gewesen war, wie ich weiß, denn Wertheimer hatte mir ja seine Verwandten immer so geschildert, daß ich annehmen mußte, sie haßten mich genauso wie ihn selbst und sie betrachten mich jetzt wahrscheinlich mit Recht als den ungehörigsten Eindringling aller, dachte ich. Ich hätte nach Madrid zurückfliegen und diese völlig überflüssige Reise nach Traich nicht unternehmen sollen, dachte ich. Ich habe mich in eine unverschämte Situation begeben, dachte ich. Als Leichenfledderei empfand ich auf einmal, was ich vorhatte, nämlich das Jagdhaus in Augenschein zu nehmen, in alle Jagdhauszimmer hineinzugehen, nur ja nichts auszulassen und mir meine Gedanken dazu zu machen. Ich bin ein fürchterlicher Mensch, dachte ich, widerwärtig, abstoßend, als ich die Wirtin rufen wollte, sie aber im letzten Moment nicht rief, aufeinmal hatte ich Angst, sie könne zu früh, also für meine Zwecke zu früh auftauchen, mir meinen Gedankenstrom abschneiden, mir das hier auf einmal Gedachte zunichte machen, diese Glenn- und Wertheimerabschweifungen, die ich mir aufeinmal gestattete. Tatsächlich hatte ich die Absicht gehabt und habe sie jetzt noch, eventuell von Wertheimer hinterlassene Schriften in Augenschein zu nehmen. Wertheimer redete oft von Schriften, die er verfaßt habe im Laufe der Zeit. Unsinnigkeiten, so er, aber Wertheimer war auch hochmütig, was mich vermuten ließ, daß es sich bei diesen Unsinnigkeiten um Wertvolleres handelte, jedenfalls um Wertheimersche Gedanken, die es wert sind, erhalten zu werden, gesammelt, gerettet, geordnet, dachte ich und ich sah schon einen ganzen Haufen von Heften (und Zetteln) mehr oder weniger mathematisch-philosophischen Inhalts. Aber die Erben werden diese Hefte (und Zettel), alle diese Schriften (und Zettel) nicht herausrücken, dachte ich. Sie werden mich überhaupt nicht in das Jagdhaus hineinlassen. Sie werden fragen, wer ich sei und sage ich, wer ich bin, schlagen sie mir die Tür an den Kopf. Mein Ruf ist der verheerende, der sie ihre Türen gleich wieder zuschlagen und absperren läßt, dachte ich. Diese verrückte Idee, das Jagdhaus aufzusuchen, war mir schon in Madrid gekommen. Möglicherweise hat Wertheimer auch niemandem außer mir von seinen Schriften (und Zetteln) etwas gesagt, dachte ich, und hat sie irgendwo versteckt, so bin ich ihm doch schuldig, diese Hefte und Schriften (und Zettel) aufzustöbern und zu erhalten, gleich unter welchen Umständen. Von Glenn ist tatsächlich nichts erhalten, Glenn hat keinerlei Aufzeichnungen gemacht, dachte ich, Wertheimer aber hat im Gegensatz dazu ununterbrochen geschrieben, jahrelang, jahrzehntelang. Vor allem über Glenn werde ich das eine oder andere Interessante finden, dachte ich, jedenfalls immer wieder etwas über uns drei, über unsere Studienzeit, über unsere Lehrer, über unsere Entwicklung und über die ganze Weltentwicklung, dachte ich im Gasthaus stehend und durch das Küchenfenster schauend, hinter welchem aber nichts zu sehen war, denn die Fensterscheiben waren schwarz vor Schmutz. In dieser schmutzigen Küche wird gekocht, dachte ich, aus dieser schmutzigen Küche wird den Gästen das Essen in das Gastzimmer herausgetragen, dachte ich. Die österreichischen Gasthäuser sind alle verschmutzt und sind unappetitlich, dachte ich, kaum daß man in einem dieser Gasthäuser ein sauberes Tuch auf den Tisch bekommt, ganz zu schweigen von einer Stoffserviette, in der Schweiz beispielsweise eine Selbstverständlichkeit.

Auch im kleinsten Gasthaus in der Schweiz ist es sauber und appetitlich, selbst in unseren österreichischen Hotels ist es schmutzig und unappetitlich. Und erst in den Zimmern! dachte ich. Oft überbügeln sie die schon gebrauchte Bettwäsche nur einmal für den nächsten Gast und es kommt nicht selten vor, daß in den Waschbecken noch die Haarbüschel des letzten liegen. Vor den österreichischen Gasthäusern hat es mich immer geekelt, dachte ich. Das Geschirr ist nicht sauber und bei näherer Betrachtung ist das Besteck fast immer schmutzig. Aber Wertheimer ging sehr oft in dieses Gasthaus essen,wenigstens einmal am Tag will ich Menschen sehen, sagte er, und ist es auch nur diese verkommene, verwahrloste, dreckige Wirtin. So gehe ich aus dem einen Käfig in den anderen, so Wertheimer einmal, aus der Kohlmarktwohnung nach Traich und wieder zurück, sagte er, dachte ich. Aus dem katastrophalen Großstadtkäfig, in den katastrophalen Waldkäfig. Einmal verstecke ich mich da, einmal dort, einmal in der Perversität des Kohlmarkts, einmal in der Perversität des Waldes auf dem Land. Ich schlüpfe aus dem einen heraus, um in den andern hineinzuschlüpfen. Lebenslänglich. Aber es ist mir dieser Vorgang so zur Gewohnheit geworden, daß ich mir einen anderen gar nicht mehr vorstellen kann, sagte er. Glenn hat sich in seinen amerikanischen Käfig eingeschlossen, ich mich in meinem oberösterreichischen, sagte Wertheimer, dachte ich. Er mit seinem Größenwahn, ich mit meiner Verzweiflung. Alle drei mit unserer Verzweiflung, sagte er, dachte ich. Ich habe Glenn von unserem Jagdhaus erzählt, sagte Wertheimer, ich bin überzeugt, das war es, was ihn selbst sich sein Haus im Wald bauen hatte lassen, *sein Studio, seine Verzweiflungsmaschine,* sagte Wertheimer einmal, dachte ich. Eine solche Verrücktheit, mir mitten im Wald und abgeschirmt von allen Menschen ein Haus mit einem Musikstudio einzurichten, kilometerweit weg von allem, macht sich doch nur ein verrückter Mensch, ein Wahnsinniger, so Wertheimer. Ich brauchte mir mein Verzweiflungsstudio nicht erst zu bauen, ich hatte es schon in Traich. Ich erbte es von meinem Vater, der hier jahrelang allein ausgehalten hat, weniger zimperlich als ich, weniger jämmerlich als ich, weniger erbärmlich als ich, weniger lächerlich als ich, so Wertheimer einmal. Wir haben eine ideale Schwester für uns und sie verläßt uns im ungünstigsten Moment, völlig skrupellos, sagte Wertheimer. Geht in die Schweiz, in welcher alles verkommen ist, die Schweiz ist das charakterloseste Land Europas, sagte er, ich habe in der Schweiz immer das Gefühl gehabt, ich bin in einem Bordell sagte er. Alles verhurt, ob in den Städten oder auf dem Land, sagte er. Sankt Moritz, Saas Fee, Gstaad, alles offene Häuser, ganz zu schweigen von Zürich, Basel, Weltbordelle, sagte Wertheimer mehrere Male, Weltbordelle, nichts als Weltbordelle. Diese finstere Stadt Chur, in welcher auch heute noch der Erzbischof Gutenmorgen und Gutenacht sagt! rief er aus. Da geht meine Schwester hin, auf der Flucht vor mir, ihrem grausamen Bruder, ihrem Lebens- und Existenzvernichter! sagte Wertheimer, dachte ich. Nach Zizers, wo der Katholizismus zum Himmel stinkt! Glenns Tod trifft mich zutiefst, hörte ich ihn jetzt wieder deutlich sagen, während ich im Gastzimmer stand, immer noch an derselben Stelle, nur meine Tasche hatte ich inzwischen auf den Boden gestellt. Wertheimer mußte sich umbringen, sagte ich mir, er hatte keine Zukunft mehr. Er hatte sich zuende gelebt, war ausexistiert. Es paßt ganz und gar zu ihm, daß er mit der Wirtin in ihrem Haus geschlafen hat, dachte ich, ich schaute auf die Gastzimmerdecke in der Vermutung, daß sich die beiden genau über dem Gastzimmer im Wirtinnenbett vereinigt hatten. Der Überästhet im Dreckbett, dachte ich. Der Sensibilist, der fortwährend glaubte, nur mit Schopenhauer, Kant, Spinoza leben zu können, in mehr oder weniger großen Zeitabständen mit der Wirtin von Wankham unter der groben Hühnerfederndecke. Zuerst hatte ich laut auflachen müssen, dann ekelte es mich. Auch mein Auflachen hatte niemand gehört. Die Wirtin blieb unsichtbar. Die Gaststube wurde unter meiner Beobachtung immer schmutziger, unzumutbarer das ganze Gasthaus. Aber ich hatte keine andere Wahl, es gab und gibt nur *dieses* Gasthaus in der Gegend. Glenn hat, dachte ich, nie Chopin gespielt. Alle Einladungen abgelehnt, alle Höchsthonorare. Er redete allen Menschen immerfort aus, daß er ein unglücklicher Mensch sei, er sei *der glücklichste, der geglückteste. Musik/Besessenheit/Ruhmsucht/Glenn*, hatte ich einmal notiert, in mein erstes Madridheft. Diese Menschen auf der Puerta del Sol, die ich Glenn in einem Brief beschrieben habe neunzehnhundertdreiundsechzig, nachdem ich *Hardy* entdeckt hatte. Beschreibung des Stierkampfs, Retiroparkreflexionen, dachte ich, die mir Glenn niemals bestätigt hat. Wertheimer hat Glenn oft nach Traich eingeladen, daß ihm das Jagdhaus liegen müsse, hat Wertheimer gedacht, Glenn war niemals darauf eingegangen, nicht einmal Wertheimer war ein Jagdhausmensch, schon gar nicht Glenn Gould. Horowitz war kein Mathematiker wie Glenn Gould es gewesen ist. *Gewesen.* Wir sagen *er ist,* aufeinmal, *er war,* dieses fürchterliche *gewesen,* dachte ich. Wertheimer redete mir hinein, wenn ich mich beispielsweise mit Schönberg auseinandersetzte, Glenn niemals. Er ertrug nicht, daß ein anderer mehr wußte, als er selbst, hielt es nicht aus, daß einer explizierte, wovon er nichts wissen konnte. Unwissenheitsscham, dachte ich, im Gasthaus stehend, die Wirtin erwartend. Andererseits war Wertheimer der Leser, nicht Glenn, nicht ich, ich las nicht sehr viel und wenn, immer dasselbe, die gleichen Bücher derselben Schriftsteller, dieselben Philosophen immer wieder als wären es immer ganz andere. Ich hatte die Kunst, dasselbe immer wieder als etwas ganz anderes in mich aufzunehmen, weit entwickelt, zu einer hohen, phantastisch hohen, weder Wertheimer, noch Glenn hatten diesen Vorzug. Glenn las beinahe gar nichts, er verabscheute Literatur, was ganz zu ihm paßte. Nur was meinem eigentlichen Zweck dient, sagte er einmal, meiner Kunst. Von Bach hatte er alles im Kopf, ebenso von Händel, sehr viel von Mozart, alles auch von Bartók, er konnte sich hinsetzen und stundenlang *interpretieren*, so seine eigene Bezeichnung, fehlerlos selbstverständlich *glenngenial*, wie sich Wertheimer ausdrückte. Im Grunde war mir schon im ersten Augenblick der Begegnung Glenns auf dem Mönchsberg deutlich gewesen, daß es sich um den außerordentlichsten Menschen handelte, den ich jemals in meinem Leben getroffen habe, dachte ich. Der Physiognomiker in mir irrt nicht. Jahre darauf dann sozusagen die Weltbestätigung, die mir aber doch peinlich gewesen ist, wie alles Zeitungsbestätigte. Wir sind, wir haben keine andere Wahl, so Glenn einmal. Völlige Unsinnigkeit, die wir durchmachen, auch er, dachte ich. Auch Wertheimers Tod war vorauszusehen gewesen, dachte ich. Merkwürdigerweise aber hat Wertheimer immer wieder davon gesprochen, daß *ich* mich umbringen werde, im Wald erhängen, *in deinem geliebten Retiropark*, hat er einmal gesagt, dachte ich. Daß ich auf und davon und nach Madrid bin, ohne auch nur ein Wort irgendeinem Menschen zu sagen und alles zurücklassend in Österreich, verzieh er mir nicht. Er hatte sich daran gewöhnt gehabt, daß ich mit ihm durch Wien gegangen bin, jahrelang, ein Jahrzehnt lang, allerdings *seine* Wege, nicht die meinigen, dachte ich. Er ging immer schneller als ich, nur mit Mühe war ich ihm nachgekommen, obwohl *er* der Kranke gewesen ist, nicht ich, gerade weil *er* der Kranke gewesen ist, war er immer vorausgegangen, dachte ich, hatte mich immer schon gleich von Anfang an zurückgelassen. *Der Untergeher* ist eine geniale Erfindung von Glenn Gould, dachte ich, Glenn hat Wertheimer schon im ersten Augenblick *durchschaut* gehabt, alle Menschen, die er zum erstenmal gesehen hat, sofort *vollkommen durchschaut.* Wertheimer stand um fünf Uhr früh auf, ich um halb sechs, während Glenn immer erst um halb zehn aufgestanden ist, weil er sich erst gegen vier Uhr früh hingelegt hat, nicht um zu schlafen, so Glenn, sondern um *die Erschöpfung ausklingen zu lassen.* Ich mich umbringen, dachte ich, nachdem Glenn tot ist, Wertheimer sich umgebracht hat, während ich mich im Gastzimmer umschaute. Die Feuchtigkeit der österreichischen Gastzimmer fürchtete auch Glenn immer, er hatte Angst, sich in diesen österreichischen Gastzimmern, die immer schlecht oder überhaupt nie gelüftet werden, den Tod zu holen. Tatsächlich holen sich viele in unseren Gasthäusern den Tod, die Gastwirte machen die Fenster nicht auf, nicht einmal im Sommer, so kann sich die Feuchtigkeit für immer in den Mauern festsetzen. Und diese überall sich breitmachende neue Geschmacklosigkeit, dachte ich, die totale Proletarisierung selbst unserer schönsten Gasthäuser, dachte ich, schreitet weiter fort. Kein Wort ist mir ekelhafter geworden, als das Wort *Sozialismus,* wenn ich denke, was aus diesem Begriff gemacht worden ist. Überall ist dieser hundsgemeine Sozialismus unserer hundsgemeinen Sozialisten, die den Sozialismus gegen das Volk ausnützen, es mit der Zeit so gemein gemacht haben, wie sie selbst sind. Überall, wohin wir auch schauen heute, ist dieser *tödliche Gemeinsozialismus* zu sehen, zu fühlen, alles hat er durchdrungen. Die Zimmer in diesem Gasthaus kenne ich, dachte ich, sie sind todbringend. Den Gedanken, daß ich nur zu dem Zweck, das Jagdhaus nocheinmal zu sehen, nach Wankham gegangen bin, empfand ich augenblicklich als einen infamen. Andererseits sagte ich mir sofort wieder, ich bin es Wertheimer schuldig, genau diesen Satz sagte ich vor mich hin, ich bin es Wertheimer schuldig, sagte ich laut vor mich hin. Eine Lüge folgte auf die andere. Die Neugierde, die schon immer mein hervorstechendstes Merkmal gewesen ist, hatte mich wieder voll in Besitz genommen. Möglicherweise haben die Erben das Jagdhaus schon völlig ausgeräumt, dachte ich, daß sie es schon ganz und gar verändert haben, denn Erben gehen oft mit einer Rücksichtslosigkeit schnell vor, von welcher wir uns keine Vorstellung machen. Räumen oft schon Stunden nach dem Tod des Erblassers, wie gesagt wird, alles aus, schaffen alles fort und lassen keinen Menschen mehr überhaupt in die Nähe. Niemand hat seine Verwandten in ein entsetzlicheres Licht gestellt, als Wertheimer, *sie zu Boden geschildert.* Vater, Mutter, die Schwester gehaßt, ihnen allen sein Unglück vorgeworfen. Daß er existieren müsse, ihnen vorgehalten ununterbrochen, daß sie ihn in die fürchterliche Existenzmaschine hineingeworfen haben oben, damit er völlig zerstört unten wieder herauskomme. Wehren nützte nichts, so er immer wieder. Das Kind war in diese Existenzmaschine hineingeworfen worden von der Mutter, der Vater hielt diese Existenzmaschine, die den Sohn konsequent zerstückelte, lebenslänglich in Gang. Eltern wissen ganz genau, daß sie das Unglück, das sie selbst sind, in ihren Kindern fortsetzen, mit Grausamkeit gehen sie vor, indem sie Kinder machen und in die Existenzmaschine hineinwerfen, so er, dachte ich, das Gastzimmer in Augenschein nehmend. Ich habe Wertheimer zum erstenmal in der Nußdorferstraße gesehen, vor der Markthalle. Kaufmann, wie sein Vater, hätte er werden sollen, aber im Grunde ist er ja auch nicht, was er, Wertheimer, wollte, Musiker geworden, sondern *von den sogenannten Geisteswissenschaften zerstört*, so er selbst. Wir fliehen aus dem einen in das andere und zerstören uns, so er. Wir gehen immer nur weg, bis wir aufgehört haben, so er. Vorliebe für die Friedhöfe, wie ich, dachte ich, tagelang nur auf den Friedhöfen in Döbling und in Neustift am Wald, dachte ich. Die lebenslängliche Sehnsucht immer wieder allein sein zu wollen, dachte ich, die auch ich habe. Wertheimer war kein Reisender, wie ich. War kein leidenschaftlicher Ortsveränderer. Einmal mit den Eltern in Ägypten, das war alles. Während ich doch jede Gelegenheit ausgenützt habe, wegzureisen, gleich wohin, ausgebrochen das erstemal nach Venedig mit der großväterlichen Arzttasche und mit einhundertfünfzig Schilling für zehn Tage, die noch dazu angefüllt gewesen waren mit tagtäglichen Accademia-Besuchen und Fenicevorstellungen. *Tancredi* zum erstenmal im *Fenice*, dachte ich, zum erstenmal der Wunsch, es mit Musik *zu versuchen.* Wertheimer war immer nur der Untergeher. Kein Mensch ist so viel Wiener Straßen durchlaufen wie er, in alle aus allen Richtungen und wieder zurück bis zur totalen Erschöpfung. Ablenkungsmanöver, dachte ich. Er hatte einen immensen Schuhverbrauch. *Schuhfetischist* war auch von Glenn zu Wertheimer gesagt, ich glaube, er hatte Hunderte Paar Schuhe in der Kohlmarktwohnung, auch darüber hatte er seine Schwester an den Rand des Wahnsinns getrieben. Er verehrte, ja liebte seine Schwester, dachte ich, und machte sie mit der Zeit wahnsinnig. Im allerletzten Moment entkam sie ihm nach Zizers bei Chur, meldete sich nicht mehr, ließ ihn zurück. Ihre Kleider ließ er so, wie sie sie zurückgelassen hatte in ihren Kasten. Rührte überhaupt nichts von ihr mehr an. Im Grunde habe ich meine Schwester doch *nur zum Umblättern mißbraucht*, sagte er einmal, dachte ich. Niemand hatte so gut umblättern können, ich habe es ihr beigebracht auf meine rücksichtslose Weise, sagte er einmal, sie konnte ja ursprünglich keine Note lesen. *Meine geniale Umblätterin*, hat er einmal gesagt, dachte ich. Er hatte seine Schwester zur Umblätterin degradiert, das hat sie sich auf die Dauer nicht gefallen lassen. Das *sie findet niemals einen Mann*, hat sich als für ihn grausamer Irrtum herausgestellt, dachte ich. Wertheimer hatte einen vollkommen sicheren Kerker für seine Schwester gebaut, einen total ausbruchsicheren und sie ist entkommen, über Nacht, wie gesagt wird. Das hatte auf Wertheimer einen entsetzlichen Beschämungseffekt. In seinem Sessel sitzend, habe er nur mehr daran gedacht, sich umzubringen, so er selbst, dachte ich, tagelang gegrübelt, auf welche Weise, es aber dann doch nicht getan. Glenns Tod habe in ihm schon den Gedanken an Selbstmord zu einem Dauerzustand werden lassen, der schwesterliche Ausbruch verstärkte diesen Dauerzustand. Mit der ganzen Wucht der Tatsache sei ihm bei Glenns Tod sein Scheitern zu Bewußtsein gekommen. Aber was die Schwester betrifft, sei es ihre Gemeinheit gewesen, ihre Niedertracht, ihn in der äußersten Bedrängnis, allein zu lassen für einen durch und durch minderwertigen Schweizer, der abgeschmackte Regenmäntel mit spitzen Revers anzieht und Ballyschuhe mit einer Schnalle aus Messing trägt, so er, dachte ich. Ich hätte sie nicht zu diesem schauerlichen Internisten Horch (ihrem Arzt!) gehen lassen sollen, sagte er, denn dort hat sie den Schweizer kennengelernt. Die Ärzte paktieren mit den Chemiekonzerninhabern, sagte er, dachte ich. *Nicht gehen lassen sollen*, hat er über seine *sechsundvierzigjährige* Schwester gesagt, dachte ich. Die Sechsundvierzigjährige hatte sich ihre Ausgänge bei ihm zu erbitten, dachte ich, hatte über jeden dieser Besuche Rechenschaft abzugeben. Zuerst habe er, Wertheimer, geglaubt, der Schweizer, den er sofort als nur rücksichtslos berechnenden Menschen eingeschätzt habe, habe sie wegen ihrer Wohlhabenheit geheiratet, aber dann habe sich ja herausgestellt, daß der Schweizer noch viel reicher ist, als sie beide zusammen, also *stein*reich, schweizerreich, was heißt, um ein vielfaches reicher als österreich-reich, so er. Der Vater dieses Menschen (des Schweizers), so Wertheimer, sei einer der Direktoren der Zürcher Bank Leu gewesen, man stelle sich das vor, so Wertheimer, der Sohn besitze einen der größten Chemiekonzerne! Auf undurchschaubare Weise sei die erste Frau des Schweizers umgekommen, kein Mensch wisse die Wahrheit. Meine Schwester als zweite Frau eines Emporkömmlings, so Wertheimer, dachte ich. Einmal sei er acht Stunden in der eiskalten Stefanskirche gesessen und habe den Altar angestarrt, der Kirchendiener habe ihn aus der Stefanskirche gewiesen mit den Worten: *mein Herr, es wird zugesperrt.* Im Hinausgehen habe er dem Kirchendiener einen Hundertschillingschein gegeben, eine Kurzschlußhandlung, so Wertheimer. Ich hatte das Verlangen, so lange in der Stefanskirche sitzen zu bleiben, bis ich tot umfalle, so er. Aber es gelang mir nicht, auch nicht in der äußersten Konzentration auf diesen Wunsch. Ich hatte nicht die Möglichkeit der alleräußersten Konzentration darauf, sagte er, und unsere Wünsche erfüllen sich nur, wenn wir die alleräußerste Konzentration darauf haben. Von Kindheit an habe er den Wunsch gehabt, zu sterben, sich umzubringen, wie gesagt wird, aber niemals die alleräußerste Konzentration darauf gehabt. Er habe nicht damit fertig werden können, in eine Welt hineingeboren worden zu sein, die ihm im Grunde in allem und jedem immer nur widerwärtig war von allem Anfang an. Er ist älter geworden und habe geglaubt, dieser Wunsch zu sterben, würde auf einmal nicht mehr da sein, aber dieser Wunsch sei doch von Jahr zu Jahr intensiver geworden, aber doch nicht mit der alleräußersten Intensität und Konzentration, so er. Meine fortgesetzte Neugierde verhinderte meinen Selbstmord, so er, dachte ich. Dem Vater verzeihen wir nicht, daß er uns gemacht, der Mutter nicht, daß sie uns geworfen hat, sagte er, der Schwester nicht, daß sie fortwährend Zeuge unseres Unglücks *ist*. Existieren heißt doch nichts anderes, als: wir verzweifeln, so er. Stehe ich auf, denke ich mit Abscheu an mich und es graust mich vor allem, das mir bevorsteht. Lege ich mich hin, habe ich keinen anderen Wunsch, als zu sterben, nicht mehr aufzuwachen, aber dann wache ich wieder auf und der entsetzliche Vorgang wiederholt sich, wiederholt sich schließlich fünfzig Jahre, so er. Wenn wir uns vorstellen, daß wir fünfzig Jahre lang nichts anderes wünschen, als tot zu sein und immer noch leben und es nicht ändern können, weil wir durch und durch *in*konsequent sind, so er. Weil wir die Erbärmlichkeit selbst sind, die Niederträchtigkeit selbst. Kein *Musiktalent!* hat er ausgerufen, *kein Existenztalent!* Wir sind so hochmütig, daß wir glauben, Musikstudieren sei es, während wir nicht einmal fähig sind, zu leben, nicht einmal zu existieren imstande sind, denn wir existieren ja nicht, es existiert uns! so er einmal auf der Währingerstraße, nachdem wir viereinhalb Stunden durch die Brigittenau gegangen waren bis zur totalen Erschöpfung. Früher haben wir halbe Nächte in der *Koralle* zugebracht, sagte er, jetzt gehen wir nicht einmal mehr ins *Kolosseum!* so er, *wie sich alles in das absolut Ungünstige hinein geändert hat.* Wir glauben, wir haben einen Freund und sehen doch mit der Zeit, daß wir gar keinen Freund haben, weil wir absolut niemanden haben, das ist die Wahrheit, so er. Angeklammert an den Bösendorfer hat sich doch mit der Zeit alles als Irrtum und entsetzlich herausgestellt. Glenn habe das Glück gehabt, an seinem Steinway zusammenzubrechen, mitten in den Goldbergvariationen. Er unternehme seit Jahren den Versuch, zusammenzubrechen, ergebnislos. Mehrere Male mit der Schwester in der sogenannten Praterhauptallee, um ihren Gesundheitszustand zu verbessern, so er, damit sie frische Luft einatmen könne, aber sie honorierte diese Ausflüge nicht, *warum nur die Praterhauptallee und nicht das Burgenland, warum nur die Praterhauptallee und nicht Kreuzenstein oder Retz,* sie war nie zufriedenzustellen, alles habe ich für sie getan, sie hat sich jedes gewünschte Kleid kaufen können, so er. Ich habe sie verhätschelt, so er. Auf dem Höhepunkt der Verhätschelung, so er, ist sie davongelaufen, nach Zizers bei Chur, in diese entsetzliche Gegend. Alle laufen sie in die Schweiz, wenn sie nicht mehr weiter wissen, so er, dachte ich. Aber die Schweiz ist dann doch für alle der tödliche Kerker, nach und nach ersticken sie in der Schweiz an der Schweiz, wie auch meine Schwester an der Schweiz ersticken wird, er sehe es voraus, Zizers wird sie umbringen, der Schweizer wird sie umbringen, die Schweiz wird sie umbringen, so er, dachte ich. Ausgerechnet nach Zizers, in diese perverse Wortschöpfung! so er, dachte ich. Möglicherweise ist es eine Elternkonzeption, sagte er, ich und meine Schwester auf lebenslänglich, eine Elternrechnung gewesen. Diese Elternkonzeption, diese Elternrechnung ist aber nicht aufgegangen. Wir machen einen Sohn, mögen sich die Eltern gedacht haben, und dazu eine Schwester und die beiden existieren sich dann bis an ihr Lebensende, gegenseitig stützend, gegenseitig vernichtend, möglicherweise war das der elterliche Gedanke, der teuflische Elterngedanke, so er. Die Eltern machen eine Konzeption, aber diese Konzeption kann naturgemäß nicht aufgehen, so er. Die Schwester hat sich nicht an die Konzeption gehalten, sie ist die stärkere, so er, ich bin immer der Schwache gewesen, der absolute Schwächeteil, so Wertheimer. Er hatte fast keine Luft bergauf und lief mir doch davon. Er konnte keine Stiegen steigen und war doch früher im dritten Stock als ich, alles Selbstmordversuche, dachte ich jetzt, das Gastzimmer beobachtend, vergebliche Versuche, dem Existieren zu entkommen. Einmal sei er mit der Schwester nach Passau gefahren, weil sein Vater ihm eingeredet habe, Passau sei eine schöne Stadt, eine erholsame Stadt, eine außergewöhnliche Stadt, aber schon als sie in Passau ankamen, hatten sie gesehen, daß es sich bei Passau um eine der häßlichsten Städte überhaupt handle, um eine Salzburg nacheifernde Stadt, die vor Hilflosigkeit und Häßlichkeit und widerwärtiger Plumpheit strotzende Stadt, die sich in perverser Hochmütigkeit Dreiflüssestadt nennt. Sie seien nur ein kurzes Stück in diese Dreiflüssestadt hineingegangen und hätten bald wieder umgedreht und wären, weil binnen Stunden kein Zug nach Wien zurückgefahren sei, mit einem Taxi nach Wien zurückgefahren. Nach diesem Passauerlebnis hätten sie alle Reisevorhaben aufgegeben auf Jahre, dachte ich. Habe die Schwester einen Reisewunsch vorgebracht in den folgenden Jahren, habe Wertheimer zu ihr nur gesagt: *denke an Passau!* und damit jede Reisedebatte zwischen ihm und seiner Schwester schon im Keim erstickt. An die Stelle des versteigerten Bösendorferflügels war ein josefinischer Schreibtisch gestellt worden, dachte ich. Aber wir müssen ja auch nicht immerfort etwas studieren wollen, dachte ich, es genügt ja vollkommen, wenn wir nur denken, nichts als denken und dem Denken ganz einfach freien Lauf lassen. Daß wir der Weltanschauung nachgeben und uns dieser Weltanschauung ganz einfach ausliefern, aber das ist das Schwierigste, dachte ich. Wertheimer war zu einer solchen Vorgangsweise damals, als er den Bösendorferflügel versteigern ließ, noch nicht in der Lage, auch später nicht im Gegensatz zu mir, der ich dazu imstande gewesen bin, dachte ich. Dieser Vorzug hat es mir auch ermöglicht, nur mit einer kleinen Reisetasche eines Tages aus Österreich zu verschwinden, zuerst nach Portugal, dann nach Spanien und mich in der Calle del Prado niederzulassen, gleich neben *Sotheby*. Aufeinmal und sozusagen über Nacht, war ich zum *Weltanschauungskünstler* geworden. Über diese meine augenblickliche Wortschöpfung mußte ich aus mir herauslachen. Ich ging ein paar Schritte auf das Küchenfenster zu, aber ich hatte schon vorher gewußt, durch das Küchenfenster kannst du nicht durchschauen, weil es, wie gesagt, von oben bis unten verschmutzt ist. Die österreichischen Küchenfenster sind alle vollkommen verschmutzt und man kann nicht durchschauen und es ist, so dachte ich, naturgemäß der größte Vorteil, nicht durchschauen zu können, denn dann schaute man ja direkt in die Katastrophe hinein, in das österreichische Küchenschmutzchaos. So ging ich wieder die paar Schritte, die ich zum Küchenfenster gegangen war, zurück und blieb wieder da stehen, wo ich die ganze Zeit gestanden war. Glenn starb zu dem für ihn günstigsten Zeitpunkt, dachte ich, aber Wertheimer brachte sich nicht in dem für ihn günstigsten Zeitpunkt um, wer sich umbringt, bringt sich niemals in dem für sich günstigsten Zeitpunkt um, aber der sogenannte natürliche Tod ist immer der im günstigsten Zeitpunkt eingetretene. Wertheimer hatte Glenn nacheifern wollen, dachte ich, es gleichzeitig der Schwester zeigen wollen, ihr alles *heimzahlen* wollen, indem er sich ausgerechnet nur hundert Schritte vor ihrem Haus in Zizers erhängt hat. Er hat sich eine Fahrkarte nach Zizers bei Chur gelöst und ist nach Zizers gefahren und hat sich hundert Schritte vor dem Haus der Schwester aufgehängt. Der Aufgefundene ist mehrere Tage nicht als der, der er war, erkannt worden. Erst vier oder fünf Tage nach seiner Auffindung war einem Spitalsbeamten in Chur der Name *Wertheimer* aufgefallen, der brachte den Namen Wertheimer mit der Frau des Chemiekonzernbesitzers in Beziehung, die ihm als frühere Frau Wertheimer bekannt gewesen war und der Beamte hatte, stutzig geworden, in Zizers angefragt, ob eine Beziehung zwischen dem in der Prosektur liegenden Selbstmörder Wertheimer und der Frau des Chemiekonzernbesitzers in Zizers bestehe. Wertheimers Schwester, die gar nicht gewußt hatte, daß sich, hundert Schritte von ihrem Haus entfernt, einer aufgehängt hatte, war gleich nach Chur in die Prosektur gefahren und hatte ihren Bruder identifiziert, wie gesagt wird. Wertheimers Berechnung war aufgegangen: er hat seine Schwester durch die Art und Weise und durch die Wahl des Ortes seines Selbstmords in ein lebenslängliches Schuldgefühl gestürzt, dachte ich. Zu Wertheimer paßt diese

Berechnung, dachte ich. Aber er hat sich dadurch erbärmlich gemacht, dachte ich. Er war schon in der Absicht, sich hundert Schritte vor dem Haus der Schwester an einem Baum aufzuhängen, von Traich abgereist, dachte ich. Lange vorausberechneter Selbstmord, dachte ich, kein spontaner Akt von Verzweiflung. Von Madrid aus wäre ich nicht zu seinem Begräbnis nach Chur gefahren, dachte ich, aber da ich schon in Wien gewesen bin, war es eine Selbstverständlichkeit, nach Chur zu fahren. Und von Chur nach Traich. Daran zweifelte ich aber jetzt gehörig, ob es nicht doch besser gewesen wäre, von Chur direkt nach Wien zu fahren und nicht in Traich Station zu machen, es war mir im Augenblick nicht klar, was ich hier suchte, außer dieser ganz und gar billigen Neugierbefriedigung, denn daß ich hier notwendig sei, redete ich mir ein, machte ich mir vor, ich heuchelte mir diese Notwendigkeit vor. Wertheimers Schwester habe ich ja nicht gesagt, daß ich vorhabe, nach Traich zu fahren, und ich hatte es in Chur ja auch gar nicht vorgehabt, erst in der Eisenbahn war ich auf die Idee gekommen, in Attnang Puchheim auszusteigen und nach Traich zu fahren, in Wankham zu übernachten, wie ich es ja schon von meinen früheren Besuchen in Traich gewohnt war, dachte ich. Ich habe immer gedacht, eines Tages gehe ich auf Wertheimers Begräbnis, ich wußte naturgemäß niemals wann, aber daß das sein werde, wenn ich auch niemals über diesen Gedanken gesprochen habe, vor allem nicht mit Wertheimer selbst, während er, Wertheimer sehr oft zu mir gesagt hat, *er* werde eines Tages *auf mein* Begräbnis gehen, daran dachte ich, während ich noch immer die Wirtin erwartete. Und ich war mir sicher gewesen, daß sich Wertheimer eines Tages umbringen wird, aus allen diesen mir ununterbrochen gegenwärtigen Gründen. Glenns Tod war für ihn, wie sich erwiesen hat, nicht ausschlaggebend gewesen für den Selbstmord, die Schwester mußte ihn verlassen, aber Glenns Tod war schon der Anfang seines Endes gewesen, auslösendes Moment die Verheiratung der Schwester mit dem Schweizer. Durch pausenloses Gehen durch Wien hatte Wertheimer sich zu retten versucht, aber dieser Versuch ist gescheitert, Rettung war nicht mehr möglich, Aufsuchen der von ihm geliebten Arbeiterviertel im Zwanzigsten und Einundzwanzigsten Bezirk, der Brigittenau vor allem, von Kaisermühlen vor allem, des Praters mit seinen Unzüchtigkeiten, die Zirkusgasse, die Schüttelstraße, die Radetzkystraße etcetera. Monatelang war er durch Wien gelaufen, Tag und Nacht, bis zum Zusammenbruch. Es nützte nichts mehr. Aber auch das Jagdhaus in Traich hatte sich, von ihm zuerst noch als existenzerrettend eingeschätzt, als Trugschluß erwiesen; wie ich weiß, hat er sich zuerst drei Wochen im Jagdhaus eingesperrt, ist dann zu den Holzknechten gegangen und hat sie mit seinem Problem belästigt. Die einfachen Leute aber verstehen die Komplizierten nicht und stoßen sie in sich selbst zurück, rücksichtsloser als alle andern, dachte ich. Der größte Irrtum ist es, zu glauben, die sogenannten einfachen Leute erretteten einen. Man geht zu ihnen in äußerster Bedrängnis und bettelt sie förmlich an um Errettung und sie stoßen einen nur noch tiefer in die Verzweiflung hinein. Und wie kommen sie auch dazu, den Extravaganten in seiner Extravaganz zu retten, dachte ich. Wertheimer hatte gar keine andere Wahl, als sich umzubringen, nachdem ihn die Schwester verlassen hat, dachte ich. Ein Buch hat er veröffentlichen wollen, aber dazu ist es nicht gekommen, weil er sein Manuskript immer wieder geändert hat, so oft und so lange geändert, bis von dem Manuskript nichts mehr dagewesen ist, die Veränderung seines Manuskripts war nichts anderes, als das völlige Zusammenstreichen des Manuskripts, von dem schließlich nichts als der Titel *Der Untergeher* übriggeblieben ist. Jetzt habe ich nurmehr noch den Titel, sagte er zu mir, das ist gut so. Ich weiß nicht, ob ich die

Kraft habe, ein zweites Buch zu schreiben, ich glaube nicht, hatte er gesagt, wäre *Der Untergeher* erschienen, sagte er, dachte ich, hätte ich mich umbringen müssen. Aber andererseits war er ein Zettelmensch, schrieb Tausende, Zehntausende Zettel voll und stapelte diese Zettel in der Kohlmarktwohnung genauso wie im Traicher Jagdhaus. Vielleicht sind es tatsächlich die Zettel, die dich interessieren und die dich in Attnang Puchheim aussteigen haben lassen, dachte ich. Oder nur eine Verzögerungstaktik, weil dich vor Wien graust. Tausende seiner Zettel aneinandergereiht, dachte ich, und unter dem Titel *Der Untergeher* herausgegeben. Unsinn. Die Einschätzung hatte ich, daß er alle diese Zettel in Traich und Wien vernichtet hat. *Keine Spuren hinterlassen*, ist ja auch einer seiner Aussprüche. Ist der Freund tot, nageln wir ihn an seinen eigenen Aussprüchen, Äußerungen, fest, töten ihn mit seinen eigenen Waffen. Einerseits lebt er in dem, das er zeitlebens zu uns (und zu andern) gesagt hat, andererseits töten wir ihn damit. Wir sind die Rücksichtslosesten (gegen ihn!), was seine Äußerungen betrifft, seine Aufzeichnungen, dachte ich, haben wir keine Aufzeichnungen mehr, weil er sie *wohlweislich* vernichtet hat, gehen wir an seine Äußerungen, um ihn zu vernichten, dachte ich. Wir beuten den Nachlaß aus, um den, der ihn uns hinterlassen hat, noch mehr zu vernichten, den Toten noch mehr zu töten, und hat er uns nicht den entsprechenden Vernichtungsnachlaß hinterlassen, erfinden wir einen solchen, erfinden ganz einfach Äußerungen gegen ihn etcetera, dachte ich. Die Erben sind grausam, die Zurückgebliebenen kennen nicht die geringste Rücksicht, dachte ich. Wir suchen nach Zeugnissen gegen ihn, für uns, dachte ich. Wir plündern alles, was gegen ihn verwendet werden kann, um unsere Lage zu verbessern, dachte ich, das ist die Wahrheit. Wertheimer war immer ein Selbstmordkandidat gewesen, aber er hat sein Konto überzogen, er hätte sich Jahre *vor* seinem tatsächlichen Selbstmord umbringen müssen, lange vor Glenn, dachte ich. So ist sein Selbstmord peinlich, ein niedriger vor allem in der Tatsache, daß er sich ausgerechnet vor dem Haus seiner Schwester in Zizers umgebracht hat, dachte ich vor allem gegen mein schlechtes Gewissen, das mit der Tatsache noch nicht fertig geworden war, Wertheimers Briefe nicht beantwortet zu haben, ihn mehr oder weniger schmählich alleingelassen zu haben, daß ich aus Madrid nicht wegkönne, war ja nur eine gemeine Lüge gewesen, die ich einsetzte, um mich meinem Freund nicht ausliefern zu müssen, der sich von mir, wie ich jetzt sehe, die letzte Möglichkeit des Überlebens erwartet hatte, der mir vor seinem Selbstmord vier Briefe nach Madrid geschrieben hat, die ich nicht beantwortete, erst auf seinen fünften schrieb ich ihm, ich sei absolut unabkömmlich, könne meine Arbeit nicht vernichten nur wegen einer Österreichreise gleich zu welchem Zweck. *Über Glenn Gould* hatte ich vorgeschoben, diesen mißlungenen Versuch, den ich, wie ich jetzt dachte, sofort nach meiner Rückkehr nach Madrid in den Ofen werfen werde, weil es nicht den geringsten Wert hat. Ich habe Wertheimer schmählich alleingelassen, dachte ich, in seiner äußersten Bedrängnis kehrte ich ihm den Rücken. Aber ich verdrängte den Gedanken einer Schuld meinerseits an seinem Selbstmord mit Vehemenz, ich hätte ihm nicht mehr genützt, sagte ich mir, ich hätte ihn nicht erretten können, er war ja schon selbstmordreif. Die Hochschule mußte es sein, dachte ich, noch dazu die Musikhochschule! Zuallererst der Gedanke, berühmt zu werden und zwar auf die einfachste Weise mit der größtmöglichen Geschwindigkeit, wozu naturgemäß eine Musikhochschule das ideale Sprungbrett ist, so hatten wir drei gedacht, Glenn, Wertheimer und ich. Aber nur Glenn ist gelungen, was wir alle drei vorgehabt hatten, Glenn hat selbst uns letztenendes für seinen Zweck mißbraucht, dachte ich, alles mißbraucht, um der Glenn Gould zu werden, wenn auch unbewußt, dachte ich. Wir, Wertheimer und ich, hatten aufgeben müssen, um den Weg freizumachen für Glenn. Diesen Gedanken empfand ich augenblicklich durchaus nicht als den absurden, als der er mir jetzt erscheint, dachte ich. Aber Glenn war schon, als er nach Europa gekommen war und den Horowitzkurs besucht hat, das Genie, wir waren zu derselben Zeit schon die Gescheiterten, dachte ich. Ich hatte im Grunde kein Klaviervirtuose werden wollen, alles mit dem Mozarteum und seinen Zusammenhängen war für mich nur ein Vorwand gewesen, um mich aus meiner tatsächlichen Langeweile gegenüber der Welt zu erretten, aus meinem schon sehr frühen Lebensüberdruß. Und Wertheimer handelte im Grunde wie ich, deshalb ist aus uns, wie gesagt wird, nichts geworden, weil wir gar nicht daran gedacht hatten, etwas werden zu wollen im Gegensatz zu Glenn, der Glenn Gould werden wollte unter allen Umständen und der nur noch Horowitz zu mißbrauchen nach Europa kommen mußte, um das von ihm wie nichts sonst herbeigesehnte und herbeigewünschte Genie zu sein, sozusagen eine klavieristische *Weltverblüffung*. An diesem Wort *Weltverblüffung* hatte ich meine Freude, wie ich noch immer im Gastzimmer stand und die Wirtin erwartete, die hinter dem Gasthaus, wie ich dachte, wahrscheinlich mit Schweinefüttern beschäftigt gewesen war, den Geräuschen von hinter dem Gasthaus her nach zu schließen. Ich selbst hatte nie *das Bedürfnis nach Weltverblüffung* gehabt, auch Wertheimer nicht, dachte ich. Wertheimers Kopf war dem meinen ähnlicher als der Kopf Glenns, dachte ich, der absolut einen Virtuosenkopf aufgehabt hat zum Unterschied von Wertheimer und mir, die wir Verstandesköpfe waren. Aber wenn ich jetzt sagen müßte, was ein Virtuosenkopf ist, könnte ich es genauso wenig sagen, wie wenn ich sagen solle, was ein Verstandeskopf. Nicht Wertheimer hat sich mit Glenn Gould angefreundet, sondern ich, ich hatte mich Glenn genähert und angefreundet, dann erst ist Wertheimer zu uns gestoßen und im Grunde ist Wertheimer unter uns auch immer ein Außenseiter geblieben. Aber alle drei waren wir, wie gesagt werden kann, eine *Lebensfreundschaft*, dachte ich. Wertheimer hat seiner Schwester allein mit der Tatsache, daß er sich umgebracht hat, schwer geschadet, dachte ich, das Provinznest Zizers wird von jetzt an den Selbstmord des Bruders der Chemiekonzernbesitzersfrau immer in Rechnung stellen, dachte ich, und die Unverschämtheit, sich gegenüber dem schwesterlichen Haus an einem Baum zu erhängen, wirkt sich noch schwerwiegender gegen sie aus. Wertheimer legte keinerlei Wert auf *Begräbnisfeierlichkeiten*, dachte ich, aber er hätte solche in Chur, wo er begraben worden ist, auch nicht bekommen. Bezeichnenderweise fand das Begräbnis um fünf Uhr früh statt, anwesend waren außer den Leuten einer Churer Bestattungsfirma nur Wertheimers Schwester, deren Mann und ich. Ob ich Wertheimer nocheinmal sehen wolle, war ich (merkwürdigerweise von Wertheimers Schwester) gefragt worden, das hatte ich aber sofort abgelehnt. Dieser Vorschlag hatte mich abgestoßen. Wie überhaupt der ganze Vorgang und die an ihm Beteiligten. Es wäre auch besser gewesen, nicht zum Begräbnis nach Chur zu kommen, dachte ich jetzt. Aus dem Telegramm an mich, das Wertheimers Schwester abgeschickt hatte, war nicht zu entnehmen gewesen, daß sich Wertheimer umgebracht hat, nur der Zeitpunkt des Begräbnisses. Zuerst hatte ich gedacht, er sei bei einem Besuch seiner Schwester *gestorben*. Über einen solchen Besuch war ich naturgemäß verwundert gewesen, denn einen solchen hatte ich mir nicht vorstellen können. Wertheimer hätte seine Schwester in Zizers niemals besucht, dachte ich. Er bestrafte seine Schwester mit der Höchststrafe, dachte ich, zerstörte ihr Gehirn lebenslänglich. Die Fahrt von Wien nach

Chur dauerte dreizehn Stunden, die österreichischen Züge sind verwahrlost, in den Speisewagen, wenn überhaupt einer mitgeführt wird, bekommt man das schlechteste Essen. Ich wollte, ein Glas Mineralwasser vor mir, nach zwanzig Jahren wieder einmal *Die Verwirrungen des Zöglings Törless* von Musil lesen, was mir nicht gelungen ist, Erzählungen ertrage ich nicht mehr, lese eine Seite und bin unfähig, weiterzulesen. Beschreibungen ertrage ich nicht mehr. Andererseits war es mir aber auch nicht möglich, mir mit Pascal die Zeit zu vertreiben, die Pensées kannte ich alle auswendig und der Gefallen an Pascals Stil erschöpfte sich bald. So begnügte ich mich mit der Landschafts*betrachtung*. Die Städte machen, fährt man an ihnen vorbei, einen verkommenen Eindruck, die Bauernhäuser sind alle ruiniert, indem ihre Besitzer die alten Fenster herausgerissen und neue geschmacklose Plastikfenster eingesetzt haben. Nicht mehr die Kirchtürme beherrschen die Landschaft, sondern die importierten Plastiksilos, die überdimensionierten Lagerhaustürme. Die Fahrt von Wien nach Linz ist eine Fahrt durch nichts als durch Geschmacklosigkeit. Von Linz bis Salzburg ist es nicht besser. Und die tiroler Berge bedrücken mich. Vorarlberg habe ich immer gehaßt, genauso wie die Schweiz, in welcher der Stumpfsinn zuhause ist, wie mein Vater immer gesagt hat, in diesem Punkt widersprach ich ihm nicht. Chur kannte ich von mehrmaligen Aufenthalten mit den Eltern, wenn wir nämlich nach Sankt Moritz zu reisen vorhatten und in Chur übernachteten, in dem immer gleichen Hotel, in welchem es nach Pfefferminztee gestunken hat und wo man meinen Vater kannte und ihm zwanzig Prozent Rabatt gewährte, weil er dem Hotel *über vierzig Jahre treu geblieben* war. Es war ein sogenanntes gutes Hotel in der Mitte der Stadt, ich weiß nicht mehr, wie es geheißen hat, kann aber sein *Zur Sonne*, wenn ich mich nicht doch täusche, obwohl es an der finstersten Stelle der

Stadt lag. In den Churer Weinstuben schenkten sie den schlechtesten Wein aus und trugen die geschmacklosesten Würste auf. Mein Vater nachtmahlte mit uns immer im Hotel, bestellte eine sogenannte Kleinigkeit und nannte Chur *eine angenehme Zwischenstation*, was ich nie verstand, denn ich hatte Chur immer als besonders unangenehm empfunden. Genau wie die Salzburger, waren mir die Churer noch verhaßter in ihrem Hochgebirgsstumpfsinn. Ich hatte es immer als Bestrafung empfunden, mit den Eltern, manchmal auch nur mit dem Vater allein, nach Sankt Moritz fahren zu müssen, in Chur Station zu machen, in diesem trostlosen Hotel absteigen zu müssen, dessen Fenster auf eine enge, bis zum zweiten Stock herauf feuchte Gasse hinausgingen. In Chur hatte ich niemals geschlafen, dachte ich, war ich immer nur voller Verzweiflung wachgelegen. Chur ist tatsächlich der trübsinnigste Ort, den ich jemals gesehen habe, nicht einmal Salzburg ist so trübsinnig und letztenendes krankmachend wie Chur. Und die Churer sind dementsprechend. In Chur kann ein Mensch, auch wenn er nur eine einzige Nacht bleibt, für sein Leben ruiniert werden. Aber es ist bis heute nicht möglich, von Wien aus in einem einzigen Tag nach Sankt Moritz zu kommen mit der Eisenbahn, dachte ich. Ich übernachtete außerhalb von Chur, weil ich Chur selbst, wie gesagt, aus der Kindheit in so deprimierender Weise in Erinnerung hatte. Ich ließ mich ganz einfach durch Chur fahren und stieg zwischen Chur und Zizers aus, da wo ich ein Hotelschild entdeckt hatte. *Blauer Adler* las ich am nächsten Morgen, am Begräbnistag, als ich das Hotel verließ. Naturgemäß hatte ich nicht geschlafen. Glenn war noch nicht tatsächlich entscheidend für Wertheimers Selbstmord, dachte ich, erst der Auszug der Schwester, ihre Verheiratung mit dem Schweizer. Glenns Goldbergvariationen hatte ich mir übrigens vor meiner Abreise nach Chur in meiner Wiener Wohnung
 angehört, immer wieder von vorne. War währenddes-

sen immer wieder von meinem Fauteuil aufgestanden und in meinem Arbeitszimmer auf- und abgegangen in der Vorstellung, Glenn spielte die Goldbergvariationen *tatsächlich* in meiner Wohnung, ich versuchte während meines Hinundhergehens herauszufinden, worin der Unterschied besteht zwischen der *Interpretation* auf *diesen* Platten, und der *Interpretation* achtundzwanzig Jahre vorher unter den Ohren von Horowitz und uns, also Wertheimer und mir, im Mozarteum. Ich stellte keinen Unterschied fest. Glenn hatte schon vor achtundzwanzig Jahren die Goldbergvariationen so gespielt wie auf diesen Platten, die er mir übrigens zu meinem fünfzigsten Geburtstag geschickt hatte, er hat sie meiner New Yorker Freundin nach Wien mitgegeben. Ich hörte ihn die Goldbergvariationen spielen und dachte, daß er geglaubt hat, sich mit dieser Interpretation unsterblich gemacht zu haben, möglicherweise ist ihm das auch gelungen, dachte ich, denn ich kann mir nicht vorstellen, daß es außer ihm jemals noch einen Klavierspieler gibt, der die Goldbergvariationen so spielt wie er, das heißt, so genial wie Glenn. Während ich mir meiner Schrift über Glenn zuliebe, seine Goldbergvariationen anhörte, stellte ich die Verwahrlosung meiner Wohnung noch genauer fest, die ich drei Jahre nicht mehr betreten hatte. Auch kein anderer Mensch war in dieser Zeit in meiner Wohnung, dachte ich. Ich war drei Jahre weg, hatte mich ganz in die Calle del Prado zurückgezogen, mir in diesen drei Jahren eine Rückkehr nach Wien überhaupt nicht mehr vorstellen können und auch nie mehr daran gedacht, jemals wieder nach Wien, in die zutiefst gehaßte Stadt, zurückzukehren, nach Österreich, in das zutiefst gehaßte Land. Daß es meine Rettung gewesen ist, aus Wien sozusagen auf endgültig wegzugehen und gerade nach Madrid, das mir zum idealen Existenzmittelpunkt geworden ist, nicht erst mit der Zeit, sondern vom ersten Augenblick an, dachte ich. In Wien wäre ich nach und nach aufgefressen worden, wie Wertheimer immer gesagt hat, von den Wienern erstickt und von den Österreichern überhaupt vernichtet worden. Alles in mir ist so, daß es in Wien ersticken und in Österreich vernichtet werden muß, dachte ich, wie auch Wertheimer dachte, daß ihn die Wiener ersticken, die Österreicher vernichten müssen. Aber Wertheimer war nicht der Mensch, über Nacht nach Madrid zu gehen oder nach Lissabon oder nach Rom, das konnte er zum Unterschied von mir nicht. So hatte er immer nur die Möglichkeit, nach Traich auszuweichen, aber in Traich war alles noch viel schlimmer für ihn. Sozusagen allein mit den Geisteswissenschaften in Traich mußte er zugrunde gehen. Mit seiner Schwester zusammen ja, aber nur mit seinen Geisteswissenschaften allein in Traich, nein, dachte ich. Die Stadt Chur, die er überhaupt nicht gekannt hat, hat er schließlich so gehaßt, allein den Namen der Stadt Chur, das Wort Chur, daß er hinfahren mußte, um sich umzubringen, dachte ich. Das Wort Chur genauso wie das Wort *Zizers* hatten ihn schließlich gezwungen, in die Schweiz zu fahren und sich an einem Baum zu erhängen, naturgemäß an einem Baum unweit des Hauses seiner Schwester. *Abgekartet* war ja auch ein Wort von ihm, auf diesen Selbstmord trifft dieser Begriff tatsächlich zu, dachte ich, *sein Selbstmord war abgekartet*, dachte ich. Alle Anlagen in mir sind tödliche, hat er einmal zu mir gesagt, alles ist in tödlicher Weise in mir angelegt, von meinen Erzeugern, so er, dachte ich. Er hat immer Bücher gelesen, in welchen von Selbstmördern die Rede ist, in welchen von Krankheiten und Todesfällen die Rede ist, dachte ich, im Gastzimmer stehend, in welchen das Menschenelend beschrieben ist, die Ausweglosigkeit, die Sinnlosigkeit, die Nutzlosigkeit, in welchen alles immer wieder verheerend und tödlich ist. Deshalb liebte er Dostojevskj und alle seine Nachfolger über alles, überhaupt die russische Literatur, weil sie die tatsächlich tödliche ist, aber auch die deprimierenden französischen Philosophen. Am liebsten und am eindringlichsten las er medizinische Schriften und immer wieder führten ihn seine Wege in die Kranken- und Siechenhäuser, in die Altersheime und in die Totenhallen. Diese Gewohnheit hatte er bis zuletzt gehabt, obwohl er die Krankenhäuser und die Siechenhäuser fürchtete, die Altersheime und Totenhallen, war er doch immer wieder in diese Krankenhäuser und Siechenhäuser und Altersheime und Totenhallen hineingegangen. Und ging er nicht in Krankenhäuser hinein, weil es ihm nicht möglich gewesen war, so las er Schriften oder Bücher über Kranke und über Krankheiten und Bücher oder Schriften über Sieche, wenn er keine Gelegenheit hatte, in Siechenhäuser hineinzugehen oder las Schriften und Bücher über Alte, wenn er nicht in Altersheime gehen konnte und Schriften und Bücher über Tote, wenn er keine Gelegenheit hatte, in Totenhallen zu gehen. Wir wollen naturgemäß den praktischen Umgang mit den uns faszinierenden Gegenständen, sagte er einmal, also vor allem den Umgang mit Kranken und Siechen und Alten und Toten, weil uns der theoretische nicht genügt, aber über lange Perioden sind wir auf den theoretischen Umgang angewiesen, wie wir ja auch sehr lange Zeiten was die Musik betrifft, auf den theoretischen Umgang angewiesen sind, so er, dachte ich. Ihn faszinierten die Menschen in ihrem Unglück, nicht die Menschen selbst hatten ihn angezogen, ihr Unglück und er traf es überall an, wo Menschen waren, dachte ich, er war menschensüchtig, weil er unglückssüchtig war. Der Mensch ist das Unglück, sagte er immer wieder, dachte ich, nur der Dummkopf behauptet das Gegenteil. Geborenwerden ist ein Unglück, sagte er, und solange wir leben, setzen wir dieses Unglück fort, nur der Tod bricht es ab. Das heißt aber nicht, daß wir nur unglücklich sind, unser Unglück ist die Voraussetzung dafür, daß wir auch glücklich sein können, nur über den Umweg des Unglücks können wir glücklich sein, sagte er, dachte ich. Meine Eltern haben mir nichts anderes als das Unglück gezeigt, sagte er, das ist die Wahrheit, dachte ich, und sind doch immer wieder glücklich gewesen, so könne er nicht sagen, seine Eltern seien unglückliche Menschen gewesen, wie auch nicht, daß sie glückliche Menschen gewesen seien, wie er von sich selbst nicht sagen könne, er sei ein glücklicher Mensch oder ein unglücklicher, weil alle Menschen unglücklich und glücklich zugleich sind und einmal ist das Unglück in ihnen größer als das Glück und umgekehrt. Aber Tatsache ist sicher, daß mehr Unglück als Glück in den Menschen ist, sagte er, dachte ich. Er war ein *Aphorismenschreiber*, unzählige Aphorismen gibt es von ihm, dachte ich, es ist anzunehmen, daß er sie vernichtet hat, *ich schreibe Aphorismen*, hat er immer wieder gesagt, dachte ich, das ist eine minderwertige Kunst der geistigen Kurzatmigkeit, von welcher gewisse Leute vor allem in Frankreich gelebt haben und leben von mir, sogenannte Halbphilosophen für den Krankenschwesternnachttisch, ich könnte auch sagen, Kalenderphilosophen für alle und jeden, deren Sprüche wir mit der Zeit von allen ärztlichen Wartezimmerwänden herunterlesen; die sogenannten negativen sind, wie die sogenannten positiven, gleich widerwärtig. Aber ich habe mir dieses Aphorismenschreiben nicht abgewöhnen können, schließlich muß ich fürchten, daß es schon Millionen sind, die ich aufgeschrieben habe, sagte er, dachte ich, und ich tue gut daran, an ihre Vernichtung zu gehen, denn ich habe nicht die Absicht, daß eines Tages die Krankenzimmer und Pfarrhauswände damit tapeziert werden wie mit Goethe, Lichtenberg und Genossen, sagte er, dachte ich. Da ich zum Philosophen nicht geboren bin, habe ich mich, nicht ganz unbewußt, muß ich sagen, zum Aphoristiker gemacht, zu einem dieser widerwärtigen Philosophiepartizipanten, die es zu Tausenden gibt, sagte er, dachte ich. Mit ganz kleinen Einfällen auf die ganz große Wirkung abzielen und die Menschheit betrügen, sagte er, dachte ich. Im Grunde bin ich nichts anderes, als einer dieser gemeingefährlichen Aphoristiker, die sich mit ihrer grenzenlosen Skrupellosigkeit und mit ihrer heillosen Frechheit unter die Philosophen mischen wie die Hirschkäfer unter die Hirsche, sagte er, dachte ich. Wenn wir nichts mehr trinken, verdursten wir, wenn wir nichts mehr essen, verhungern wir, sagte er, auf diese Weisheiten laufen alle diese Aphorismen hinaus, es sei denn, sie sind von Novalis, aber auch Novalis hat viel Unsinn geredet, so er, dachte ich. In der Wüste lechzen wir nach Wasser, so etwa lautet die Pascalsche Maxime, so er, dachte ich. Wenn wir es genau nehmen, bleibt uns von den größten philosophischen Entwürfen nur ein erbärmlicher aphoristischer Nachgeschmack, sagte er, gleich um was für eine Philosophie, gleich um welchen Philosophen es sich handelt, alles zerbröselt, wenn wir mit allen unseren Fähigkeiten und das heißt mit allen unseren Geistesinstrumenten daran gehen, sagte er, dachte ich. Die ganze Zeit rede ich von Geisteswissenschaften und weiß nicht einmal, was diese Geisteswissenschaften sind, habe keine Ahnung davon, sagte er, dachte ich, rede von Philosophie und habe keine Ahnung von Philosophie, rede von Existenz und habe keine Ahnung davon, sagte er. Unsere Ausgangsbasis ist immer nur die, daß wir von nichts etwas wissen und nicht einmal eine Ahnung davon haben, sagte er, dachte ich. Schon gleich, wenn wir etwas angehen, ersticken wir in dem ungeheueren Material, das uns zur Verfügung steht auf allen Gebieten, das ist die Wahrheit, sagte er, dachte ich. Und obwohl wir das wissen, gehen wir unsere sogenannten Geistesprobleme immer wieder an, lassen uns auf das Unmögliche ein: *ein Geistesprodukt zu erzeugen. Das ist ein Wahnsinn!* so er, dachte ich. Grundlegend sind wir zu allem befähigt, ebenso grundlegend scheitern wir an allem, sagte er, dachte ich. Auf einen einzigen gelungenen Satz sind sie zusammengeschrumpft unsere großen Philosophen, unsere größten Dichter, sagte er, dachte ich, das ist die Wahrheit, wir erinnern uns oft nur an einen sogenannten philosophischen Farbton, sonst nichts, sagte er, dachte ich. Wir studieren ein ungeheuerliches Werk, beispielsweise das Werk Kants und er schrumpft mit der Zeit auf den kleinen Ostpreußenkopf Kants und auf eine ganz und gar vage Welt aus Nacht und Nebel zusammen, die in der gleichen Hilflosigkeit endet wie alle andern, sagte er, dachte ich. Eine Welt der Ungeheuerlichkeit hatte es sein wollen und ein lächerliches Detail ist übriggeblieben, sagte er, dachte ich, wie es mit allem geht. Das sogenannte Große ist am Ende an dem Punkt angelangt, an welchem wir nur noch Rührung empfinden über seine Lächerlichkeit, Erbarmungswürdigkeit. Auch Shakespeare schrumpft uns zur Lächerlichkeit zusammen, wenn wir einen hellsichtigen Augenblick haben, sagte er, dachte ich. Die Götter erscheinen uns schon lange nur noch mit Bart auf unseren Bierkrügen, sagte er, dachte ich. Nur der Dumme bewundert, sagte er, dachte ich. Der sogenannte Geistesmensch verzehrt sich in einem, wie er meint, epochemachenden Werk und hat sich am Ende doch nur lächerlich gemacht, er mag Schopenhauer heißen oder Nietzsche, das ist gleichgültig, er mag Kleist gewesen sein oder Voltaire, einen rührenden Menschen sehen wir, der seinen Kopf mißbraucht und sich selbst am Ende ad absurdum geführt hat. Der überrollt und überholt worden ist von der Geschichte. Die großen Denker haben wir in unsere Bücherkasten gesperrt, aus welchen sie uns, für immer zur Lächerlichkeit verurteilt, anstarren, sagte er, dachte ich. Tag und Nacht höre ich das Gejammer der großen Denker, die wir in unsere Bücherkasten gesperrt haben, diese lächerlichen Geistesgrößen als Schrumpfköpfe hinter Glas, sagte er, dachte ich. Alle diese Leute haben sich an der Natur vergriffen, sagte er, das Kapitalverbrechen *am Geiste* haben sie begangen, dafür werden sie bestraft und von uns in unsere Bücherkasten gesteckt für immer. Denn in unseren Bücherkasten ersticken sie, das ist die Wahrheit. Unsere Bibliotheken sind sozusagen Strafanstalten, in welche wir unsere Geistesgrößen eingesperrt haben, Kant naturgemäß in eine Einzelzelle wie Nietzsche, wie Schopenhauer, wie Pascal, wie Voltaire, wie Montaigne, alle ganz großen in Einzelzellen, alle andern in Massenzellen, aber alle für immer und ewig, mein Lieber, für alle Zeit und in die Unendlichkeit hinein, das ist die Wahrheit. Und wehe, einer von diesen Kapitalverbrechern ergreift die Flucht, bricht aus, sofort wird er sozusagen fertig und lächerlich gemacht, das ist die Wahrheit. Die Menschheit weiß sich gegen alle diese sogenannten Geistesgrößen zu schützen, sagte er, dachte ich. Der Geist wird, wo immer er auftaucht, fertiggemacht und eingesperrt und er wird naturgemäß immer sofort zum *Ungeist* gestempelt, sagte er, dachte ich, während ich die Gastzimmerdecke betrachtete. Aber es ist alles Unsinn, was wir reden, sagte er, dachte ich, gleich, was wir sagen, es ist Unsinn und unser ganzes Leben ist eine einzige Unsinnigkeit. Das habe ich früh begriffen, kaum habe ich zu denken angefangen, habe ich das begriffen, wir reden nur Unsinn, alles, was wir sagen, ist Unsinn, aber auch alles was uns gesagt *wird*, ist Unsinn, wie alles, was überhaupt gesagt wird, es ist in dieser Welt nur Unsinn gesagt worden bis jetzt und, sagte er, tatsächlich und naturgemäß, nur Unsinn geschrieben worden, was wir an Geschriebenem besitzen, ist nur Unsinn, weil es nur Unsinn sein kann, wie die Geschichte beweist, sagte er, dachte ich. Schließlich *flüchtete ich mich in den Begriff Aphoristiker*, sagte er, und tatsächlich habe ich einmal, als man mich nach meiner Profession fragte, so er, geantwortet, daß ich *Aphoristiker* sei. Aber die Leute haben nicht verstanden, was ich meinte, wie immer, wenn ich etwas sage, verstehen sie nicht, denn was ich sage, heißt ja nicht, daß ich das, was ich gesagt habe, gesagt habe, sagte er, dachte ich. Ich sage etwas, sagte er, dachte ich, und ich sage etwas ganz anderes, so habe ich mein ganzes Leben in Mißverständnissen zubringen müssen, in nichts als in Mißverständnissen, sagte er, dachte ich. Wir werden, um es genau zu sagen, doch nur in Mißverständnisse hineingeboren und kommen, solange wir existieren, aus diesen Mißverständnissen nicht mehr heraus, wir können uns anstrengen wie wir wollen, es nützt nichts. Diese Beobachtung macht aber jeder, sagte er, dachte ich, denn jeder sagt ununterbrochen etwas und wird mißverstanden, in diesem einzigen Punkt verstehen sich dann doch alle, sagte er, dachte ich. Ein Mißverständnis setzt uns in die Welt der Mißverständnisse, die wir als nur aus lauter Mißverständnissen zusammengesetzt zu ertragen haben und mit einem einzigen großen Mißverständnis wieder verlassen, denn der Tod ist das größte Mißverständnis, so er, dachte ich. Wertheimers Eltern waren kleine Menschen, Wertheimer selbst war größer als seine Eltern, dachte ich. Er war ein stattlicher Mensch, wie wir sagen, dachte ich. Allein in Hietzing besaßen die Wertheimer drei Herrschaftsvillen und als es für Wertheimer einmal darum ging, zu entscheiden, ob er eine der Grinzinger Villen seines Vaters überschrieben haben wolle oder nicht, ließ Wertheimer seinen Vater wissen, daß er für diese Villa nicht das geringste Interesse habe, wie überhaupt kein Interesse auch an den anderen Villen seines Vaters, der mehrere Fabriken in der Lobau besessen hat, ganz abgesehen von Betrieben in ganz Österreich und im Ausland, dachte ich. Die Wertheimer haben immer, wie gesagt wird, *auf großem Fuß* gelebt, aber niemand hat es ihnen angemerkt, denn sie hatten es sich niemals anmerken lassen, ihren Reichtum hat man an ihnen nicht ablesen können, wenigstens nicht auf den ersten Blick. Die Geschwister Wertheimer hatten an ihrem elterlichen Erbe im Grunde nicht das geringste Interesse gehabt und Wertheimer wie auch seine Schwester hatten zum Zeitpunkt der Testamentseröffnung überhaupt keine Ahnung von den Ausmaßen des ihnen zugefallenen Besitzes gehabt, die von einem Innenstadtanwalt vorgenommene Vermögensaufstellung hatte beide kaum interessiert, wenn sie auch verblüfft gewesen waren über den *tatsächlichen* Reichtum, der plötzlich ihr eigener war, was sie aber doch mehr als lästig empfunden hatten. Bis auf die Kohlmarktwohnung und das Jagdhaus in Traich hatten sie alles zu Geld machen und in der ganzen Welt anlegen lassen von einem zur Familie gehörenden Anwalt, so Wertheimer, einmal ganz gegen seine Gewohnheit, niemals über seine Vermögensverhältnisse zu sprechen. Dreiviertel des elterlichen Besitzes entfiel auf Wertheimer, ein Viertel auf seine Schwester, auch sie hat ihr Vermögen in verschiedenen Bankhäusern in Österreich, Deutschland und der Schweiz anlegen lassen, dachte ich. Die Geschwister Wertheimer waren abgesichert, dachte ich, wie übrigens ich selbst auch, wenn meine eigenen Vermögensverhältnisse auch nicht mit denen Wertheimers und seiner Schwester zu vergleichen gewesen waren. Wertheimers Urgroßeltern waren noch arme Leute gewesen, dachte ich, die in den Lemberger Vorstädten den Gänsen die Hälse umdrehten. Aber wie ich selbst, war auch er aus einer Kaufmannsfamilie, dachte ich. Zu einem seiner Geburtstage hatte sein Vater einmal die Idee gehabt, ihm ein ursprünglich zum Harrachschen Besitz gehörendes Marchfeldschloß zu schenken, aber der Sohn war nicht bereit, sich das bereits erworbene Schloß überhaupt anzuschauen, worauf es der Vater, naturgemäß wütend über die Kaltschnäuzigkeit seines Sohnes, wieder verkaufte, dachte ich. Die Geschwister Wertheimer führten im Grunde ein bescheidenes Leben, anspruchslos, unauffällig, mehr oder weniger immer im Hintergrund, dagegen wirkten alle andern in

ihrer Umgebung immer auftrumpfend. Auch im Mozarteum war Wertheimers Reichtum niemals aufgefallen. Wie übrigens der Reichtum Glenns, und Glenn war reich, auch niemals aufgefallen ist. Im nachhinein war es klar gewesen, daß sich sozusagen die Reichen gefunden hatten, dachte ich, sie hatten ein Gespür für ihren Hintergrund. Das Genie Glenn war dann sozusagen nur noch eine willkommene Draufgabe, dachte ich. Freundschaften, dachte ich, sind letztenendes, wie die Erfahrung zeigt, auf die Dauer nur möglich, wenn sie auf dem entsprechenden Hintergrund der Beteiligten aufgebaut sind, dachte ich, alles andere ist ein Trugschluß. Ich bestaunte auf einmal die Kaltblütigkeit, mit welcher ich in Attnang Pucheim ausgestiegen und nach Wankham bin, um nach Traich zu gehen, in Wertheimers Jagdhaus, ohne auch nur einen Augenblick daran gedacht zu haben, mein eigenes Haus in Desselbrunn aufzusuchen, das seit fünf Jahren leersteht und in welchem, wie ich annehme, weil ich die entsprechenden Leute bezahle, alle vier oder fünf Tage gelüftet wird, mit welcher Kaltblütigkeit es mir möglich ist, hier in Wankham in dem scheußlichsten aller mir bekannten Wirtshäuser übernachten zu wollen, während ich doch keine zwölf Kilometer weiter mein eigenes Haus habe, aber dieses Haus unter keinen Umständen aufsuchen werde, wie ich sofort dachte, denn ich hatte mir vor fünf Jahren geschworen, mindestens zehn Jahre nicht mehr nach Desselbrunn zu gehen, und ich hatte keine Schwierigkeiten bis jetzt, diesen Schwur einzuhalten, mich also zu beherrschen. Desselbrunn hatte ich mir eines Tages gründlich verdorben und dann vollkommen unmöglich gemacht, dachte ich, durch andauernde Selbstaufgabe in Desselbrunn. Der Anfang dieser Selbstaufgabe war die Abstoßung meines Steinway gewesen, sozusagen das auslösende Moment für die weitere Unmöglichkeit, es in Desselbrunn auszuhalten.
 Ich konnte aufeinmal die Desselbrunner Luft nicht

mehr einatmen und die Mauern in Desselbrunn machten mich krank und die Zimmer drohten mich zu ersticken, man denke, diese großen Zimmer, diese Neunmalsechsmeter- oder Achtmalachtmeterzimmer, dachte ich. Ich haßte diese Zimmer und ich haßte den Inhalt dieser Zimmer und wenn ich aus dem Haus ging, haßte ich die Menschen vor dem Haus, ich war aufeinmal ungerecht zu allen diesen Leuten, die *nur mein Bestes* wollten, aber gerade das war mir mit der Zeit auf die Nerven gegangen, ihre ununterbrochene *Hilfsbereitschaft*, die mich plötzlich zutiefst abgestoßen hat. Ich verrammelte mich in meinem Arbeitszimmer und starrte zum Fenster hinaus, ohne etwas anderes, als mein eigenes Unglück zu sehen. Ich lief ins Freie und beschimpfte jeden. Ich rannte in den Wald und hockte mich erschöpft unter einen Baum. Um nicht tatsächlich wahnsinnig zu werden, kehrte ich Desselbrunn den Rücken, *wenigstens auf zehn Jahre, wenigstens auf zehn Jahre, wenigstens auf zehn Jahre* hatte ich ununterbrochen zu mir gesagt, wie ich das Haus verlassen und nach Wien gegangen bin, um nach Portugal zu gehen, wo ich Verwandte in Sintra hatte, in der schönsten portugiesischen Gegend, wo die Eukalyptusbäume an die dreißig Meter hoch werden und die beste Luft eingeatmet werden kann. In Sintra werde ich auch wieder zur Musik zurückfinden, die ich mir in Desselbrunn gründlich und sozusagen für alle Zeit ausgetrieben hatte, dachte ich damals, dachte ich, und ich werde mich durch mathematisch ausgeklügeltes Einatmen der Atlantikluft regenerieren. Damals hatte ich auch gedacht, auf dem Steinway meines Sintraonkels da weitermachen zu können, wo ich in Desselbrunn aufgehört habe, aber das war ein unsinniger Gedanke, dachte ich, in Sintra lief ich jeden Tag die sechs Kilometer an die Atlantikküste hinunter und dachte acht Monate lang nicht daran, mich an ein Klavier zu setzen, während mein Onkel und auch alle anderen in seinem Haus fortwährend sagten, ich solle ihnen etwas vorspielen, hatte ich in Sintra niemals auch nur eine Taste angeschlagen, allerdings war ich in Sintra im Laufe dieser zugegeben herrlichen Untätigkeit in der frischen Luft und, wie ich sagen muß, einer der schönsten Gegenden *der Welt*, auf die Idee gekommen, über Glenn etwas zu schreiben, *etwas*, ich konnte nicht wissen, was, *etwas über ihn und seine Kunst*. Mit diesem Gedanken ging ich in Sintra und Umgebung hin und her und verbrachte schließlich ein ganzes Jahr dort, ohne mit diesem *etwas über Glenn* anzufangen. Eine Schrift anfangen ist das Allerschwierigste und ich bin immer monate- und sogar jahrelang nur mit dem Gedanken an eine solche Schrift umhergelaufen, ohne sie anfangen zu können, so auch Glenn betreffend, der, wie ich damals dachte, beschrieben werden muß, beschrieben allerdings von einem kompetenten Zeugen seiner Existenz wie seines Klavierspiels, einem kompetenten Zeugen seines ganz und gar außerordentlichen Kopfes. Eines Tages getraute ich mich, die Schrift anzufangen, im *Inglaterra*, wo ich nur zwei Tage hatte bleiben wollen, in welchem ich aber dann sechs Wochen, ohne mit der Schrift über Glenn aufzuhören, geblieben war. Am Ende hatte ich aber doch nur Skizzen in der Tasche, als ich nach Madrid übersiedelte, und diese Skizzen vernichtete ich, weil sie mich auf einmal in meiner Schrift behinderten, anstatt mir nützlich zu sein, ich hatte zu viele Skizzen gemacht, dieses Übel hat mir schon viele Arbeiten verdorben; wir müssen Skizzen zu einer Arbeit machen, aber wenn wir zuviel Skizzen machen, verderben wir alles, dachte ich, so auch damals im *Inglaterra*, pausenlos saß ich in meinem Zimmer und machte Skizzen solange, bis ich glaubte, verrückt zu sein und erkannte, daß diese Glennskizzen die Ursache meiner Verrücktheit sind und ich hatte die Kraft, diese Glennskizzen zu vernichten. Ich steckte sie ganz einfach in den Papierkorb und beobachtete, wie das Zimmermädchen den

Papierkorb packte und aus dem Zimmer hinaustrug und im Müll verschwinden ließ. Das war mir ein angenehmer Anblick, dachte ich, zu sehen, wie das Zimmermädchen meine Glennskizzen, nicht nur Hunderte, sondern Tausende, packte und verschwinden ließ. Ich bin erleichtert, dachte ich. Einen ganzen Nachmittag saß ich auf meinem Sessel vor dem Fenster, in der Dämmerung war es mir möglich, das *Inglaterra* zu verlassen und in Lissabon die *Liberdade* hinunter auf die Rua Garrett zu gehen, in mein Lieblingslokal. Acht solcher Anläufe, die immer mit der Vernichtung der Skizzen geendet haben, hatte ich schließlich hinter mir, als ich in Madrid endlich wußte, *wie* die Schrift *Über Glenn* anfangen, die ich dann ja auch in der Calle del Prado zuende gebracht habe, dachte ich. Aber schon zweifelte ich wieder, ob diese Schrift wirklich etwas wert ist und dachte daran, sie zu vernichten bei meiner Rückkehr, alles Aufgeschriebene, lassen wir es längere Zeit liegen und betrachten es immer wieder von vorne, wird uns naturgemäß unerträglich und wir geben keine Ruhe, bis wir es wieder vernichtet haben, dachte ich. Nächste Woche werde ich wieder in Madrid sein und das erste ist, die *Glennschrift* zu vernichten, um eine neue anzufangen, dachte ich, eine noch konzentriertere, eine noch authentischere, dachte ich. Denn immer glauben wir, wir sind authentisch und sind es in Wirklichkeit nicht und glauben, wir sind konzentriert und sind es in Wirklichkeit nicht. Aber natürlich hat diese Erkenntnis bei mir immer dazu geführt, daß schließlich keine meiner Schriften erschienen ist, dachte ich, nicht eine einzige in achtundzwanzig Jahren, in welchen ich mich mit Schriften befasse, allein mit der Schrift über Glenn befasse ich mich seit neun Jahren, dachte ich. Wie gut, daß alle diese unvollkommenen unfertigen Schriften nicht erschienen sind, dachte ich, hätte ich sie veröffentlicht, was mir keinerlei Schwierigkeiten gemacht hätte, ich wäre heute der Unglücklichste, der sich denken läßt, tagtäglich konfrontiert mit seinen katastrophalen Schriften, die vor Fehlern strotzen, vor Ungenauigkeiten, vor Nachlässigkeiten, vor Dilettantismus. Dieser Bestrafung habe ich mich *durch Vernichtung entzogen*, dachte ich und ich hatte aufeinmal einen großen Genuß an dem Wort *Vernichtung*. Mehrere Male sagte ich es vor mich hin. *In Madrid angekommen, gleich die Glennschrift vernichten*, dachte ich, sie muß so rasch als möglich weg, um mir eine neue zu ermöglichen. Jetzt weiß ich, *wie* diese Schrift angehen, ich habe es nie gewußt, ich habe sie immer zu früh angefangen, dachte ich, dilettantisch. Das ganze Leben laufen wir dem Dilettantismus davon und er holt uns immer wieder ein, dachte ich und wir wünschen nichts mit einer größern Intensität, als dem Dilettantismus zu entkommen lebenslänglich und sind immer wieder von ihm eingeholt. *Glenn und die Rücksichtslosigkeit, Glenn und das Alleinsein, Glenn und Bach, Glenn und die Goldbergvariationen*, dachte ich. *Glenn in seinem Studio im Wald, sein Haß auf die Menschen, sein Haß auf die Musik, sein Musikmenschenhaß*, dachte ich. *Glenn und die Einfachheit*, dachte ich, das Gastzimmer betrachtend. Wir müssen von Anfang an wissen, was wir wollen, dachte ich, schon im Kopf des Kindes muß es klar sein, was der Mensch will, haben will, haben muß, dachte ich. Die Zeit, in welcher ich in Desselbrunn gesessen bin, Wertheimer in Traich, dachte ich, war eine tödliche. Das gegenseitige Aufsuchen und gegenseitige Heruntermachen, dachte ich, das uns zerstört hat. Ich ging zu Wertheimer nach Traich doch nur, um ihn zu zerstören, zu stören und zu zerstören, wie umgekehrt Wertheimer aus keinem anderen Grund zu mir gekommen ist; nach Traich gehen, bedeutete nur, mich aus meinem fürchterlichen Geistes-Elend abzulenken und Wertheimer zu stören, Austauschen von Jugenderinnerungen, dachte ich, bei einer Schale Tee, und immer Glenn Gould als Mittelpunkt, nicht Glenn, Glenn Gould, der uns beide vernichtet hat, dachte ich. Wertheimer kam nach Desselbrunn, um mich zu stören, eine angefangene Arbeit meinerseits im Keim zu ersticken in dem Augenblick, in welchem er sich ankündigte. Andauernd sagte er nur, *hätten wir Glenn nicht getroffen*, aber auch, *wäre Glenn früh gestorben, bevor er die Weltberühmtheit geworden ist,* dachte ich. Wir begegnen einem Menschen wie Glenn und sind vernichtet, denke ich, oder gerettet, in unserem Fall hat uns Glenn vernichtet, dachte ich. Auf einem Bösendorfer hätte ich nie gespielt, so Glenn, dachte ich, ich hätte nichts erreicht auf einem Bösendorfer. Die Bösendorfer- gegen die Steinwayspieler, dachte ich, die Steinwayenthusiasten gegen die Bösendorferenthusiasten. Zuerst hatten sie ihm einen Bösendorfer ins Zimmer gestellt, sofort ließ er ihn hinaustragen, auswechseln gegen einen Steinway, dachte ich, das hätte ich mich nicht getraut, eine solche Forderung zu stellen, dachte ich, damals in Salzburg gleich zu Beginn des Horowitzkurses; Glenn war sich schon zu dieser Zeit seiner Sache vollkommen sicher gewesen, ein Bösendorfer kam für ihn nicht in Frage, hätte ihm sein Konzept zerstört. Und sie hatten den Bösendorfer widerspruchslos gegen den Steinway ausgetauscht, dachte ich, obwohl Glenn noch nicht der Glenn Gould gewesen war. Ich sehe noch immer die Arbeiter, die den Bösendorfer hinaus-, und den Steinway hereintragen, dachte ich. Aber Salzburg ist kein Ort für die Entwicklung eines Klavierspielers, hat Glenn oft gesagt, das Klima ist zu feucht, es ruiniert das Instrument und gleichzeitig ruiniert es den Spieler, ruiniert Hände und Hirn des Spielers in der kürzesten Zeit. Aber ich wollte bei Horowitz studieren, sagte Glenn, das war ausschlaggebend. In Wertheimers Zimmer waren die Vorhänge die ganze Zeit zugezogen und die Rolladen heruntergelassen, Glenn spielte bei offenen Vorhängen und offenen Rolladen, ich sogar immer bei offenen

Fenstern. Zum Glück hatten wir keine Nachbarhäuser und folglich auch keine aufgebrachten Leute gegen uns, denn die hätten unsere Arbeit zunichte gemacht. Das Haus eines ein Jahr vorher verstorbenen Nazibildhauers hatten wir für die Dauer des Horowitzkurses gemietet gehabt, die *Schöpfungen* des *Meisters*, wie er in der Umgebung bezeichnet worden war, standen noch überall herum, in den fünf bis sechs Meter hohen Räumen. Diese Zimmerhöhe hatte uns dieses Haus *sofort* mieten lassen, die herumstehenden Plastiken störten uns nicht, sie waren der Akustik förderlich, diese an die Wände geschobenen Plumpheiten eines, wie uns gesagt worden war, *weltberühmten Marmorkünstlers*, der jahrzehntelang für Hitler gearbeitet hat. Diese riesigen Marmorauswüchse waren, von den Vermietern für uns tatsächlich an alle Wände geschoben, akustisch ideal, dachte ich. Zuerst waren wir über den Anblick der Plastiken erschrocken gewesen, über diesen stumpfsinnigen Marmor- und Granitmonumentalismus, vor allem Wertheimer war davor zurückgewichen, aber Glenn hatte sofort behauptet, die Zimmer seien *die idealen* und durch die Monumente *noch viel idealer für unseren Zweck*. Die Plastiken waren so schwer, daß wir in dem Versuch, die kleinste zu verschieben, scheiterten, unsere Kräfte reichten nicht aus, dabei waren wir keine Schwächlinge, Klaviervirtuosen sind starke Menschen mit einer ungeheueren Widerstandskraft ganz gegen die öffentliche Meinung. Glenn, von dem noch heute alle annehmen, er sei von der allerschwächsten Konstitution gewesen, war ein athletischer Typus. Am Steinway zusammengesunken spielend, erschien er als Krüppel, so kennt ihn die ganze musikalische Welt, aber diese ganze musikalische Welt ist einer totalen Täuschung unterlegen, dachte ich. Glenn wird, wo immer, als Krüppel und Schwächling abgebildet, als der *Durchgeistigte*, dem man nur die Verkrüppelung und die mit dieser Verkrüppelung gemeinsame Sache machende Hypersensibilität zubilligt, aber er war tatsächlich ein athletischer Typus, viel stärker als Wertheimer und ich zusammen, das hatten wir gleich wieder gesehen, als er daran gegangen war, eine ihn, wie er selbst sich ausdrückte, im Klavierspiel hinderliche Esche vor seinem Fenster umzuschneiden, eigenhändig. Er sägte die Esche, die einen Durchmesser von mindestens einem halben Meter hatte, allein um, ließ uns gar nicht an die Esche heran, zerkleinerte die Esche auch gleich und schichtete die Scheiter an der Hausmauer auf, der typische Amerikaner, hatte ich damals gedacht, dachte ich. Kaum hatte Glenn die ihn angeblich behindernde Esche umgeschnitten, hatte er den Einfall, ganz einfach die Vorhänge seines Zimmers zuzumachen, die Rolladen herunterzulassen. Ich hätte mir das Umschneiden der Esche ersparen können, sagte er, dachte ich. Wir schneiden oft eine solche Esche um, sehr viele solcher Geisteseschen, sagte er, und wir hätten uns das durch einen lächerlichen Kunstgriff ersparen können, sagte er, dachte ich. Schon wie er sich zum erstenmal an den Steinway in Leopoldskron gesetzt hat, hat ihn die Esche vor dem Fenster gestört. Ohne die Besitzer überhaupt zu fragen, ging er in den Geräteschuppen, holte sich Hacke und Säge und fällte die Esche. Wenn ich lange frage, so er, verliere ich doch nur Zeit und Energie, ich fälle die Esche sofort, sagte er, und fällte sie, dachte ich. Kaum lag die Esche auf dem Boden, war ihm eingefallen, daß er nur die Vorhänge zuziehen hätte brauchen, die Rolladen herunterlassen. Die gefällte Esche zerkleinerte er ohne unsere Hilfe, dachte ich, stellte die ihm entsprechende totale Ordnung da her, wo die Esche gestanden war. Hindert uns etwas, müssen wir es wegschaffen, hatte Glenn gesagt, und ist es nur eine Esche. Und wir dürfen nicht erst fragen, ob wir die Esche fällen dürfen, dadurch schwächen wir uns. Wenn wir erst fragen, sind wir schon so geschwächt, daß es uns schädlich ist, kann auch sein, vernichtend, so er, dachte ich. Keiner seiner Zuhörer, seiner Anbeter, wie ich sofort wieder dachte, käme je auf die Idee, daß es diesem Glenn Gould, der auf der ganzen Welt sozusagen als die Urschwäche des Künstlers bekannt und berühmt ist, möglich ist, eine starke, gesunde, einen halben Meter dicke Esche allein und in der kürzesten Zeit zu fällen und die Teile dieser gefällten Esche an einer Hausmauer aufzuschlichten noch dazu unter entsetzlichen klimatischen Bedingungen, dachte ich. Die Anbeter beten ein Phantom an, dachte ich, sie beten einen Glenn Gould an, den es niemals gegeben hat. Aber *mein* Glenn Gould ist der ungemein größere, der anbetungswürdigere, dachte ich, als der ihrige. Als uns gesagt worden war, daß wir das Haus eines berühmten Nazibildhauers bezogen hätten, war Glenn in ein schallendes Gelächter ausgebrochen. Wertheimer hat sich diesem schallenden Gelächter angeschlossen, dachte ich, die beiden hatten ihr Gelächter bis zur totalen Erschöpfung in die Länge gezogen und am Ende eine Flasche Champagner aus dem Keller geholt. Glenn ließ den Pfropfen genau in das Gesicht eines sechs Meter hohen Engels aus Carrara platzen und verspritzte den Champagner auf den Gesichtern der anderen herumstehenden Ungeheuer bis auf einen kleinen Rest, den wir aus der Flasche tranken. Am Ende schleuderte Glenn die Flasche auf den Imperatorkopf in der Ecke mit solcher Wucht, daß wir in Dekkung gehen mußten. Keinem dieser Glennanbeter ist überhaupt möglich, zu glauben, daß Glenn Gould so lachen kann, wie er immer gelacht hat, dachte ich. Unser Glenn Gould war zu einem solchen unbändigen Gelächter befähigt, wie kein anderer, dachte ich und dadurch der ernstzunehmendste Mensch. Wer nicht lachen kann, ist nicht ernst zu nehmen, dachte ich, und wer nicht wie Glenn lachen kann, ist nicht so wie Glenn ernst zu nehmen. Gegen drei Uhr früh hockte er völlig erschöpft auf den Füßen des Imperators, er mit den Goldbergvariationen, dachte ich. Immer wieder dieses Bild: Glenn an die Imperatorwade gedrückt, zu Boden starrend. Er durfte nicht angesprochen werden. In der Frühe war er *neugeboren*, so er. Ich habe jeden Tag einen neuen Kopf auf, so er, während es doch für die Welt der alte ist, so er. Wertheimer lief jeden zweiten Tag um fünf Uhr früh zum Untersberg, zum Glück hatte er eine bis an den Untersberg heranführende Asphaltstraße entdeckt,und wieder zurück, ich selbst ging vor dem Frühstück nur einmal um das Haus, allerdings bei jedem Wetter, völlig unbekleidet vor dem Waschen. Glenn ist nur aus dem Haus gegangen, um zu Horowitz zu gehen und wieder zurück. Im Grunde hasse ich die Natur, sagte er immer wieder. Ich selbst hatte mir diesen Satz zu eigen gemacht und sagte ihn mir auch heute, werde ihn, wie ich glaube, immer sagen, dachte ich. *Die Natur ist gegen mich*, sagte Glenn in derselben Anschauungsweise wie ich, der ich auch diesen Satz immer wieder sage, dachte ich. Unsere Existenz besteht darin, fortwährend gegen die Natur zu sein und gegen die Natur anzugehen, sagte Glenn, so lange gegen die Natur anzugehn, bis wir aufgeben, weil die Natur stärker ist als wir, die wir uns zu einem *Kunstprodukt* gemacht haben aus Übermut. Wir sind ja keine Menschen, *wir sind Kunstprodukte, der Klavierspieler ist ein Kunstprodukt, ein widerwärtiges*, sagte er abschließend. Wir sind die, die fortwährend der Natur entkommen wollen, aber es gelingt uns nicht, naturgemäß, sagte er, dachte ich, wir bleiben auf der Strecke. Im Grunde wollen wir Klavier sein, sagte er, nicht Menschen sein, sondern Klavier sein, zeitlebens wollen wir Klavier und nicht Mensch sein, entfliehen dem Menschen, der wir sind, um ganz Klavier zu werden, was aber mißlingen muß, woran wir aber nicht glauben wollen, so er. Der ideale Klavierspieler (er sagte niemals *Pianist!)* ist der, der Klavier sein will und ich sage mir ja auch jeden Tag, wenn ich aufwache, ich will der Steinway sein, nicht der Mensch, der auf dem Steinway spielt, der Steinway selbst will ich sein. Manchmal kommen wir diesem Ideal nahe, sagte er, ganz nahe, dann, wenn wir glauben, schon verrückt zu sein, auf dem Weg quasi in den Wahnsinn, vor welchem wir uns wie vor nichts fürchten. Glenn hatte zeitlebens Steinway selbst sein wollen, er haßte die Vorstellung, *zwischen* Bach und dem Steinway zu sein nur als Musikvermittler und eines Tages zwischen Bach und dem Steinway zerrieben zu werden, eines Tages, so er, werde ich zwischen Bach einerseits und dem Steinway andererseits zerrieben, sagte er, dachte ich. Lebenslänglich habe ich Angst, zwischen Bach und Steinway zerrieben zu werden und es kostet mich die größte Anstrengung, dieser Fürchterlichkeit zu entgehen, sagte er. Das Ideale wäre, *ich wäre der Steinway, ich hätte Glenn Gould nicht notwendig,* sagte er, ich könnte, indem ich der Steinway bin, Glenn Gould vollkommen überflüssig machen. Aber es ist noch keinem einzigen Klavierspieler gelungen, sich selbst überflüssig zu machen, indem er Steinway *ist,* so Glenn. Eines Tages aufwachen *und Steinway und Glenn in einem sein,* sagte er, dachte ich, *Glenn Steinway, Steinway Glenn nur für Bach.* Möglicherweise haßte Wertheimer Glenn, haßte möglicherweise auch mich, dachte ich, dieser Gedanke beruhte auf Tausenden, wenn nicht Zehntausenden von Beobachtungen Wertheimer, wie auch Glenn, wie auch mich betreffend. Und ich selbst war nicht frei gewesen von Glennhaß, dachte ich, ich haßte Glenn alle Augenblicke, liebte ihn gleichzeitig mit der äußersten Konsequenz. Es gibt ja nichts Entsetzlicheres, als einen Menschen zu sehen, der so großartig ist, daß seine Großartigkeit uns vernichtet und wir diesen Prozeß anschauen und aushalten und schließlich und endlich auch akzeptieren müssen, während wir tatsächlich nicht an einen solchen Prozeß glauben, noch lange nicht, bis er uns zur unumstößlichen Tatsache geworden ist, dachte ich, wenn es zu spät ist für uns. Wertheimer und ich waren notwendig gewesen für die Entwicklung Glenns, wie alles andere von ihm, Glenn mißbrauchte uns, dachte ich im Gastzimmer. Die Unverschämtheit, mit welcher Glenn an alles herangegangen ist, das fürchterliche Zögern Wertheimers dagegen, meine Vorbehalte gegen alles und jedes, dachte ich. Plötzlich war Glenn *Glenn Gould,* alle hatten den Augenblick der Glenngouldwerdung, wie ich sagen muß, übersehen, auch Wertheimer und ich. Glenn hatte uns in den gemeinsamen Abmagerungsprozeß über Monate hinein mitgerissen, dachte ich, in die Horowitzbesessenheit, denn tatsächlich wäre es ja möglich gewesen, daß ich allein diese zweieinhalb Salzburger Horowitzmonate nicht durchgehalten hätte, Wertheimer schon gar nicht, daß ich aufgegeben hätte ohne Glenn. Selbst Horowitz wäre nicht dieser Horowitz gewesen, hätte Glenn gefehlt, der eine bedingte den andern und umgekehrt. Es war ein Horowitzkurs für Glenn, dachte ich, im Gasthaus stehend, nichts sonst. Glenn hatte aus Horowitz seinen Lehrer gemacht, nicht Horowitz aus Glenn schließlich das Genie, dachte ich. Glenn machte aus Horowitz in diesen Salzburger Monaten den idealen Lehrer für sein Genie durch sein Genie, dachte ich. Wir gehen entweder als Ganzes in die Musik hinein oder gar nicht, hat Glenn oft gesagt, auch zu Horowitz. Aber nur er allein wußte, was das bedeutete, dachte ich. Ein Glenn muß auf einen Horowitz treffen, dachte ich, und zwar zu dem einzig richtigen Zeitpunkt. Ist dieser Zeitpunkt nicht der richtige, gelingt, was mit Glenn und Horowitz gelungen ist, nicht. Der Lehrer, der kein Genie ist, wird von dem Genie zu seinem genialen Lehrer gemacht zu diesem bestimmten Zeitpunkt auf eine ganz bestimmte Zeit, dachte ich. Aber das eigentliche Opfer dieses Horowitzkurses bin ja nicht ich gewesen, sondern Wertheimer, der sicher ein hervorragender, wahrscheinlich weltberühmter Klaviervirtuose geworden wäre ohne Glenn, dachte ich. Der den Fehler begangen hat, in diesem Jahr nach Salzburg zu gehen zu Horowitz, um von Glenn, nicht von Horowitz, vernichtet zu werden. Wertheimer hatte ja Klaviervirtuose werden *wollen*, ich wollte es gar nicht, dachte ich, für mich war das Klaviervirtuosentum nur ein Ausweg gewesen, eine Verzögerungstaktik für etwas allerdings, das mir niemals klar geworden ist, bis heute nicht; Wertheimer wollte, ich wollte nicht, dachte ich, Glenn hat ihn auf dem Gewissen, dachte ich. Glenn hatte nur ein paar Takte gespielt und Wertheimer hatte schon an Aufgeben gedacht, ich erinnere mich genau, Wertheimer war in das Horowitz zugeteilte Ersterstockzimmer im Mozarteum eingetreten und hatte Glenn gehört und gesehen, war stehengeblieben an der Tür, unfähig, sich zu setzen, mußte von Horowitz aufgefordert werden, sich zu setzen, konnte sich nicht setzen, solange Glenn spielte, erst als Glenn zu spielen aufgehört hatte, setzte sich Wertheimer, hatte die Augen geschlossen, das sehe ich noch ganz genau, dachte ich, redete nichts mehr. Pathetisch gesagt, war es das Ende, das Ende der Wertheimerschen Virtuosenlaufbahn. Wir studieren ein Jahrzehnt lang auf einem Instrument, das wir uns ausgesucht haben und hören dann, nach diesem mühseligen, mehr oder weniger deprimierenden Jahrzehnt, ein paar Takte eines Genies und sind erledigt, dachte ich. Wertheimer hat das nicht zugegeben, jahrelang nicht. Aber diese paar Takte Glennspiel waren sein Ende, dachte ich. Für mich nicht, denn ich hatte schon bevor ich Glenn kennengelernt habe, an Aufhören gedacht, an die Sinnlosigkeit meiner Bemühungen, wo ich hinkam, war ich immer der Beste gewesen, an diesen Zustand gewöhnt, hinderte es mich nicht, an Aufhören zu denken, an Abbrechen einer Unsinnigkeit, gegen alle Stimmen, die mir bestätigten, daß ich zu den Besten gehörte, aber zu den Besten zu gehören genügte mir nicht, ich wollte *der Beste sein oder gar keiner*, so hörte ich auf, verschenkte meinen Steinway an das Altmünsterer Lehrerkind, dachte ich. Wertheimer hatte alles auf die Klaviervirtuosenlaufbahn, wie ich sagen muß, gesetzt, ich hatte nichts auf eine solche Virtuosenlaufbahn gesetzt, das war der Unterschied. *Er* war also *tödlich* getroffen von Glenns Goldbergtakten, *ich nicht.* Der Beste sein oder gar keiner, war immer mein Anspruch gewesen, in jeder Beziehung. So landete ich schließlich auch in der Calle del Prado in der totalen Anonymität, mit schriftstellerischer Unsinnigkeit beschäftigt. Wertheimers Ziel war der Klaviervirtuose gewesen, der der musikalischen Welt seine Meisterschaft unter Beweis zu stellen hat jahraus, jahrein, bis zum Umfallen, wie ich Wertheimer kenne, bis ins hohe Greisenalter hinein. Dieses Ziel war ihm von Glenn aus den Angeln gehoben, dachte ich, wie Glenn sich hingesetzt und die ersten Takte der Goldbergvariationen gespielt hat. Wertheimer hatte ihn hören *müssen,* dachte ich, er hatte von Glenn vernichtet werden *müssen.* Wäre ich damals nicht nach Salzburg gegangen und hätte ich nicht unbedingt bei Horowitz studieren wollen, ich hätte weitergemacht und ich hätte erreicht, was ich wollte, sagte Wertheimer oft. Aber Wertheimer hat nach Salzburg gehen und den Horowitzkurs belegen müssen, wie gesagt wird. Wir sind schon vernichtet und geben doch noch nicht auf, dachte ich, dafür ist Wertheimer ein gutes Beispiel, er hat noch viele Jahre nachdem er von Glenn vernichtet worden ist, nicht aufgegeben, dachte ich. Und nicht einmal er selbst hat die Idee gehabt, sich von seinem Bösendorfer zu trennen, dachte ich, zuerst hatte ich meinen Steinway verschenken müssen, damit er die Möglichkeit hatte, seinen Bösendorfer versteigern zu lassen, er hätte seinen Bösendorfer niemals verschenkt, er mußte ihn im Dorotheum versteigern lassen, das ist charakteristisch für ihn, dachte ich. Ich verschenkte den Steinway, er versteigerte seinen Bösendorfer, dachte ich, damit ist alles gesagt. Alles Wertheimersche ist nicht aus Wertheimer selbst gekommen, sagte ich mir jetzt, alles Wertheimersche war immer nur ein Abgeschautes, ein Nachgemachtes, er schaute sich alles an mir ab, er machte mir alles nach, so hat er auch mein Scheitern von mir abgeschaut und mir nachgemacht, dachte ich. Nur sein Selbstmord war schließlich seine eigene Entscheidung und ganz aus ihm, dachte ich, so mag er am Ende, wie gesagt wird, noch eine triumphale Empfindung gehabt haben. Und möglicherweise hat er mir dadurch, daß er sich sozusagen aus freien Stücken umgebracht hat, alles voraus, dachte ich. Die schwachen Charaktere werden immer auch nur schwache Künstler, sagte ich mir, Wertheimer bestätigt das unmißverständlich, dachte ich. Wertheimers Natur war der Natur Glenns vollkommen entgegengesetzt, dachte ich, er hatte eine sogenannte *Kunstauffassung*, Glenn Gould brauchte keine. Während Wertheimer andauernd Fragen stellte, stellte Glenn überhaupt keine Fragen, niemals habe ich ihn eine Frage stellen gehört, dachte ich. Wertheimer hatte immer Angst, über seine Kräfte hinauszugehen, Glenn hatte nicht einmal die Idee, er könne einmal über seine Kräfte hinausgehen, Wertheimer entschuldigte sich übrigens alle Augenblicke, für etwas, das keinerlei Anlaß für eine Entschuldigung gewesen war, während Glenn den Begriff des Entschuldigens überhaupt nicht kannte, Glenn hat sich nie entschuldigt, obwohl andauernd Anlaß für ein Entschuldigen bestanden hat nach unseren Begriffen. Wertheimer war immer wichtig zu wissen, was die Leute über ihn denken, Glenn legte darauf nicht den geringsten Wert, wie ich selbst auch nicht, mir war es wie Glenn immer gleichgültig gewesen, was die sogenannte Umwelt über mich denkt. Wertheimer redete, auch wenn er nichts zu sagen hatte, nur weil ihm Schweigen gefährlich geworden war, Glenn schwieg auch über die weitesten Strecken, wie ich auch, der ich wie Glenn wenigstens tagelang schweigen konnte, wenn auch nicht wie Glenn, wochenlang. Allein die Angst, nicht ernst genommen zu werden, machte unseren Untergeher geschwätzig, dachte ich. Und es kam wahrscheinlich auch daher, daß er in Wien wie auch in Traich die meiste Zeit völlig auf sich allein angewiesen war damals schon, durch Wien gelaufen ist und, wie er immer sagte, mit seiner Schwester nichts redete, denn mit seiner Schwester sei auch *niemals ein Gespräch zustande* gekommen. Für seine Besitzangelegenheiten hatte er, wie er sie nannte, unverschämte Verwalter, mit welchen er nur schriftlich verkehrte. So war also auch Wertheimer ein Mensch, der durchaus schweigen konnte und möglicherweise sogar länger schweigen konnte als Glenn und ich, aber einmal mit uns zusammen, reden mußte, dachte ich. Er, der auf der besten Innenstadtadresse zuhause gewesen war, lief am liebsten nach Floridsdorf, in den Arbeiterbezirk,der durch seine Lokomotivfabrik Berühmtheit erlangt hat, nach Kagran, nach Kaisermühlen, wo die Ärmsten der Armen zuhause sind, auf den sogenannten Alsergrund oder nach Ottakring hinaus, sicher eine Perversität, dachte ich. Durch die Hintertür in abgetragenen Kleidern in proletarischer Kostümierung, um auf seinen Erkundungsläufen nicht aufzufallen, dachte ich. Stundenlang auf der Floridsdorfer Brücke stehend, beobachtete er die Vorbeigehenden, schaute ins braune, von der Chemie längst vernichtete Donauwasser, auf welchem russische und jugoslawische Frachter in Richtung Schwarzes Meer trieben. Da habe er oft gedacht, ob es nicht sein größtes Unglück sei, in eine reiche Familie hineingeboren worden zu sein, dachte ich, denn er hat immer gesagt, er fühle sich in Floridsdorf und in Kagran wohler, als im Ersten Bezirk, unter den Floridsdorfmenschen und Kagranmenschen wohler als unter den Ersterbezirkmenschen, die ihm im Grunde immer verhaßt gewesen seien. Er suchte Gasthäuser in der Prager- und Brünnerstraße auf und bestellte sich

Bier und Essigwurst, blieb stundenlang sitzen und hörte sich die Leute an, beobachtete sie, bis ihm sozusagen die Luft ausging, er hinausgehen mußte, nachhause, naturgemäß zu Fuß, dachte ich. Aber immer wieder sagte er auch, daß es ein Irrtum sei, zu glauben, als Floridsdorfer wäre er glücklicher, als Kagraner, als Alsergrundmensch, dachte ich, daß es ein Irrtum sei, anzunehmen, diese Leute hätten den Ersterbezirkmenschen wenigstens einen besseren Charakter voraus. Bei näherer Betrachtung, so er, seien auch die sogenannten Benachteiligten, die sogenannten Armen und sogenannten Zurückgebliebenen genauso charakterlos und widerwärtig angelegt in ihrem Wesen und genauso abzulehnen wie die andern, zu denen man gehört und die wir nur aus diesem Grunde als widerwärtig empfinden. Die unteren Schichten sind genauso gemeingefährlich wie die oberen, sagte er, sie gehen mit denselben Scheußlichkeiten vor, sind genauso abzulehnen wie die andern, sie sind anders, aber sie sind genauso scheußlich, sagte er, dachte ich. Der sogenannte Intellektuelle haßt seinen sogenannten Intellektuellismus und glaubt, er findet sein Heil bei den sogenannten Armen und Benachteiligten, die man früher die *Erniedrigten und Beleidigten* genannt hat, sagte er, aber er findet dort anstatt sein Heil, die gleiche Scheußlichkeit, sagte er, dachte ich. Wenn ich zwanzig- oder dreißigmal nach Floridsdorf und oder nach Kagran gegangen bin, so Wertheimer oft, habe ich den Irrtum eingesehen und habe mich lieber ins *Bristol* gesetzt und Meinesgleichen aufs Korn genommen. Wir machen immer wieder den Versuch, aus uns herauszuschlüpfen, aber wir scheitern in diesem Versuch, lassen uns immer wieder auf den Kopf schlagen, weil wir nicht einsehen wollen, daß wir uns nicht entschlüpfen können, es sei denn durch den Tod. Jetzt ist er sich selbst entschlüpft, dachte ich, auf mehr oder weniger unappetitliche Weise. Mit fünfzig, spätestens mit einundfünfzig aufhören, hat er einmal gesagt. Am Ende hat er sich *ernst* genommen, dachte ich. Wir beobachten einen Mitschüler, wie er den Gang der Hochschule entlanggeht, dachte ich, und sprechen ihn an und haben eine sogenannte Lebensfreundschaft begründet. Wir wissen naturgemäß zuerst nicht, daß es sich um eine sogenannte Lebensfreundschaft handelt, weil wir sie am Anfang nur als Zweckfreundschaft empfinden, die wir im Augenblick haben müssen, um weiterzukommen, aber es ist auch nicht ein xbeliebiger Mensch, den wir angesprochen haben, sondern der einzig mögliche in diesem Augenblick, dachte ich, denn ich hatte ja Hunderte von Möglichkeiten, Mitschüler anzusprechen, die alle am Mozarteum studiert haben und viele, die den Horowitzkurs besucht hatten damals, aber ausgerechnet Wertheimer hatte ich angesprochen und darauf, daß wir uns in Wien schon einmal gesehen und gesprochen hätten, dachte ich, woran er sich erinnerte. Wertheimer hat ja hauptsächlich in Wien studiert, nicht wie ich am Mozarteum, auf der Wiener Akademie, die vom Mozarteum aus betrachtet, immer als die bessere Musikhochschule gegolten hat, wie umgekehrt das Mozarteum von Wien aus immer als das nützlichere Institut, dachte ich. Die an einem Institut Studierenden schätzen ihr eigenes Institut immer geringer ein, als es ist und schielen auf das Konkurrenzinstitut, vor allem die Musikstudierenden sind dafür bekannt, daß sie das Konkurrenzinstitut immer viel höher einschätzen und die Wiener Musikstudierenden dachten und glaubten immer, das Mozarteum sei besser, wie umgekehrt die Mozarteumstudenten, die Wiener Akademie sei die bessere. Im Grunde hatten und haben die Wiener Akademie wie das Mozarteum immer schon bis heute gleichgute oder gleichschlechte Lehrer gehabt, dachte ich, nur auf die Schüler ist es angekommen, diese Lehrer für ihre Zwecke in einem Höchstmaß an Rücksichtslosigkeit auszunützen. Nicht einmal auf die Qualität unserer Lehrer kommt es an, dachte ich, es kommt auf uns selbst an, denn auch schlechte Lehrer haben schließlich immer wieder Genies erzeugt, wie umgekehrt gute Lehrer Genies vernichtet haben, dachte ich. Horowitz hatte den besten Ruf, diesem besten Ruf waren wir gefolgt, dachte ich. Aber wir hatten von Glenn Gould keine Ahnung, was der für uns bedeutete. Glenn Gould war ein Schüler wie jeder andereauch, mit merkwürdigen Allüren ausgestattet zuerst, schließlich mit dem größten Talent, das es in diesem Jahrhundert jemals gegeben hat, dachte ich. Für mich war der Besuch des Horowitzkurses nicht die Katastrophe, die er für Wertheimer gewesen ist, Wertheimer war für Glenn zu schwach. So gesehen, ist Wertheimer, indem er sich für den Horowitzkurs angemeldet hat, in seine *Lebensfalle* gegangen, dachte ich. Die Falle schnappte zu, indem er Glenn zum erstenmal spielen gehört hat, dachte ich. Aus dieser Lebensfalle ist Wertheimer nicht mehr herausgekommen. Wertheimer hätte in Wien bleiben und an der Wiener Akademie weiter studieren müssen, dachte ich, das Wort Horowitz hat ihn vernichtet, dachte ich, indirekt der *Begriff Horowitz*, wenn ihn auch tatsächlich Glenn vernichtet hat. Als wir in Amerika waren, hatte ich zu Glenn gesagt, daß er Wertheimer vernichtet habe, aber Glenn verstand gar nicht, was ich meinte. Ich hatte ihn dann auch nie mehr mit diesem Gedanken belästigt. Wertheimer war nur widerwillig nach Amerika mitgefahren, auf der Reise hatte er mir immer wieder zu verstehen gegeben, daß er im Grunde Künstler verabscheue, die ihre Künstlerschaft, so Wertheimer wörtlich, so weit getrieben haben wie Glenn, die ihre Persönlichkeit vernichten, um Genie zu sein, wie sich Wertheimer damals ausgedrückt hat. Schließlich hätten Menschen wie Glenn sich am Ende zur *Kunstmaschine* gemacht, hätten mit einem Menschen nichts mehr gemein, erinnerten nur noch selten daran, dachte ich. Wertheimer neidete

Glenn aber fortgesetzt diese Künstlerschaft, er war nicht fähig, sie neidlos zu bestaunen, wenn auch nicht zu bewundern, wozu auch mir alle Voraussetzungen fehlten und fehlen, ich habe niemals etwas bewundert, aber doch sehr viel im Leben bestaunt und am meisten, darf ich sagen, habe ich in meinem Leben, das möglicherweise doch ein Künstlerleben genannt zu werden verdient, über Glenn gestaunt, staunend habe ich seine Entwicklung beobachtet, staunend bin ich ihm immer wieder begegnet, habe ich seine Interpretationen, wie gesagt wird, aufgenommen, dachte ich. Ich hatte immer die Möglichkeit, meinem Staunen freien Lauf zu lassen, mich durch niemanden und durch nichts in meinem Staunen beschränken, einengen zu lassen, dachte ich. Diese Fähigkeit hatte Wertheimer niemals gehabt, in gar keiner Beziehung, dachte ich. Ich hatte ja auch niemals zum Unterschied von Wertheimer, der sehr wohl gern Glenn Gould gewesen wäre, Glenn Gould sein wollen, ich wollte immer nur ich selbst sein, Wertheimer aber war immer jenen zugehörig, die ständig und lebenslänglich und bis zur fortwährenden Verzweiflung, ein anderer, wie sie immer glauben mußten, Lebensbegünstigter sein wollen, dachte ich. Wertheimer wäre gern Glenn Gould gewesen, wäre gern Horowitz gewesen, wäre wahrscheinlich auch gern Gustav Mahler gewesen oder Alban Berg. Wertheimer war nicht imstande, *sich selbst als ein Einmaliges* zu sehen, wie es sich jeder leisten kann und muß, will er nicht verzweifeln, gleich was für ein Mensch, er ist ein einmaliger, sage ich selbst mir immer wieder und bin gerettet. Wertheimer hatte diesen Rettungsanker, nämlich sich selbst als Einmaligkeit zu betrachten, niemals in Betracht ziehen können, dazu fehlten ihm alle Voraussetzungen. Jeder Mensch ist ein einmaliger Mensch und tatsächlich, für sich gesehen, das größte Kunstwerk aller Zeiten, so habe ich immer gedacht und denken dürfen, dachte ich. Wertheimer hatte diese Möglichkeit nicht, so wollte er immer nur Glenn Gould sein oder eben Gustav Mahler oder Mozart und Genossen, dachte ich. Das stürzte ihn schon sehr früh und immer wieder ins Unglück. Wir müssen kein Genie sein, um einmalig zu sein und das auch erkennen zu können, dachte ich. Wertheimer war ein ununterbrochener *Nacheiferer*, er eiferte allem nach, von dem er glaubte, daß es besser gestellt sei als er, obwohl er nicht die Voraussetzungen dazu hatte, wie ich jetzt sehe, dachte ich, hatte er unbedingt Künstler sein wollen und ist dadurch in die Katastrophe hineingegangen. Daher auch seine Unruhe, sein ständiges, *in*ständiges Gehen, Laufen, Sichnichtruhighaltenkönnen, dachte ich. Und ließ sein Unglück an seiner Schwester aus, die er jahrzehntelang peinigte, dachte ich, in seinen Kopf einsperrte, wie ich dachte, um sie nie wieder hinauszulassen. An den sogenannten *Vortragsabenden*, an welchen die Studenten an den Konzertbetrieb gewöhnt werden, und die sämtliche im sogenannten *Wiener Saal* stattfanden, waren wir einmal zusammen aufgetreten, wie gesagt wird, *vierhändig Brahms.* Wertheimer hatte sich während des ganzen Konzerts durchsetzen wollen und damit das Konzert gründlich zerstört. Ganz bewußt zerstört, wie ich heute sehe. Nach dem Konzert hat er zu mir gesagt, *entschuldige*, nur dieses eine Wort, das war für ihn bezeichnend. Er war unfähig zum Zusammenspiel, er hatte, wie gesagt wird, *brillieren* wollen und, weil ihm das naturgemäß nicht gelungen ist, das Konzert zerstört, dachte ich. Wertheimer hat sich das ganze Leben lang immer wieder durchsetzen wollen, was ihm nie gelungen ist, in keiner Beziehung, unter keinen Umständen. Deshalb hat er sich ja auch umbringen müssen, dachte ich. Glenn hätte sich nicht umbringen müssen, dachte ich, denn Glenn hatte sich niemals durchzusetzen gehabt, er hat sich immer und überall und unter allen Umständen durchgesetzt. Wertheimer wollte immer mehr, ohne die Voraussetzungen dazu zu haben, dachte ich, Glenn hatte für alles alle Voraussetzungen. Ich selbst stelle mich hier nicht in Rechnung, was mich betrifft, kann ich aber sagen, daß ich immer wieder alle Voraussetzungen für alles mögliche gehabt, diese Voraussetzungen aber meistens ganz bewußt nicht ausgenützt habe, immer aus Indolenz, Hochmut, Faulheit, Überdruß, dachte ich. Aber Wertheimer hatte für alles, das er angegangen ist, niemals die Voraussetzung gehabt, für nichts und wieder nichts, wie gesagt wird. Außer, daß er alle Voraussetzungen gehabt hat, ein unglücklicher Mensch zu sein. Insofern ist es ja nicht verwunderlich, daß sich eben Wertheimer umgebracht hat und nicht Glenn und auch ich nicht, obwohl mir Wertheimer immer wieder *meinen* Selbstmord vorausgesagt hat, wie so viele andere auch, die mir immer wieder zu verstehen geben, *sie* wüßten, daß *ich* mich umbringe. Wertheimers Klavierspiel war tatsächlich besser, als das aller andern am Mozarteum, das zu sagen ist wichtig, aber nachdem er Glenn gehört hatte, genügte ihm diese Tatsache nicht mehr. Wie Wertheimer spielen konnte, gelingt allen, die sich vorgenommen haben, berühmt zu werden, Meisterschaft zu erlangen, wenn sie nur die notwendigen Arbeitsjahrzehnte auf dem Klavier dafür aufwenden, dachte ich, aber wenn sie an einen Glenn Gould kommen und einen *solchen* Glenn Gould spielen gehört haben, sind sie gescheitert, wenn sie sind wie Wertheimer, dachte ich. Wertheimers Begräbnis hat nicht einmal eine halbe Stunde gedauert. Zuerst hatte ich einen sogenannten dunklen Anzug zu seinem Begräbnis anziehen wollen, mich aber dann doch dafür entschieden, in meiner Reisekleidung auf das Begräbnis zu gehn, es war mir auf einmal lächerlich vorgekommen, mich einer Trauerkleiderordnung zu fügen, die ich schon immer gehaßt habe, wie alle Kleiderordnungen, so ging ich, wie ich die Reise nach Chur unternommen habe, in meinem Alltagsaufzug auf das Begräbnis. Zuerst hatte ich gedacht, ich gehe zu Fuß auf den Churer Friedhof, aber ich bin dann doch in ein Taxi gestiegen und habe mich vor dem Hauptportal absetzen lassen. Das Telegramm von Wertheimers Schwester, die jetzt Duttweiler heißt, hatte ich vorsorglich eingesteckt, denn in ihm war die genaue Begräbniszeit angegeben. Daß er sich um einen Unglücksfall handeln müsse, hatte ich gedacht, daß Wertheimer möglicherweise von einem Auto in Chur überfahren worden ist, da ich von keiner akuten und lebensbedrohenden Krankheit Wertheimers wußte, hatte ich alle möglichen Unglücke, vor allem aber Verkehrsunglücke, wie sie heute alltäglich sind, in Betracht gezogen, aber ich bin nicht auf den Gedanken gekommen, er könne Selbstmord begangen haben. Obwohl dieser Gedanke, wie ich jetzt sehe, dachte ich, der naheliegendste Gedanken gewesen wäre. Daß die Duttweiler das Telegramm an meine Wiener Adresse und nicht nach Madrid geschickt hat, verwunderte mich, denn woher konnte Wertheimers Schwester wissen, daß ich mich in Wien aufhalte und nicht in Madrid, dachte ich. Es ist mir bis jetzt nicht klar, woher sie wußte, daß ich in Wien und nicht in Madrid zu erreichen war, dachte ich. Möglicherweise hatte sie doch noch mit ihrem Bruder Kontakt aufgenommen gehabt vor dessen Selbstmord, dachte ich. Selbstverständlich wäre ich auch aus Madrid nach Chur gekommen, dachte ich, wenn das auch umständlicher gewesen wäre. Oder auch nicht, dachte ich, denn von Zürich nach Chur ist es ein leichtes. Wieder einmal hatte ich mehrere Interessenten in meine Wiener Wohnung geführt, die ich seit Jahren verkaufen will, ohne einen geeigneten Käufer zu finden, auch die sich jetzt gemeldet hatten, kamen nicht in Frage. Entweder sie wollten den von mir geforderten Preis nicht bezahlen, oder schieden aus anderen Gründen aus. Ich hatte ja die Absicht, meine Wiener Wohnung *wie sie liegt und steht* zu verkaufen, also alles in allem, dazu mußten mir aber die Käufer zu Gesicht stehen und keiner von ihnen stand mir zu Gesicht, wie gesagt wird. Auch dachte ich, ob es nicht unsinnig sei, mich gerade *jetzt in diesen schwierigen Zeiten* von der Wiener Wohnung zu trennen, sie aufzugeben in einer Zeit der absoluten Unsicherheit. Niemand verkauft jetzt, wenn er nicht dazu gezwungen ist, dachte ich, und ich war ja nicht zum Verkauf meiner Wohnung gezwungen. Ich habe Desselbrunn, hatte ich immer gedacht, die Wiener Wohnung brauche ich nicht, denn ich lebe ja in Madrid und ich habe nicht die Absicht, nach Wien zurückzukommen, für alle Zeit nicht, hatte ich immer gedacht, aber dann sah ich alle diese entsetzlichen Käufergesichter, die mir den Gedanken an den Verkauf meiner Wiener Wohnung ausgetrieben haben. Und letztenendes, dachte ich, genügt Desselbrunn ja auf die Dauer nicht, mit einem Fuß in Wien, mit einem in Desselbrunn ist es besser, als nur mit Desselbrunn allein und ich dachte, daß ich im Grunde auch nicht mehr nach Desselbrunn zurückgehen werde, aber verkaufen werde ich auch Desselbrunn nicht. Ich werde die Wiener Wohnung nicht verkaufen und Desselbrunn nicht, ich werde die Wiener Wohnung aufgeben, die ich ja schon aufgegeben habe, wie ich Desselbrunn aufgebe und schon aufgegeben habe, aber weder Wien, noch Desselbrunn werde ich verkaufen, dachte ich, ich habe es nicht notwendig. Wenn ich ehrlich bin, so habe ich tatsächlich genau die Reserven, die es mir ohne weiteres möglich machen, weder Desselbrunn, noch Wien zu verkaufen, überhaupt nichts zu verkaufen. Verkaufe ich, bin ich ein Dummkopf, dachte ich. So habe ich Wien und habe Desselbrunn, wenn ich auch weder Wien, noch Desselbrunn benütze, dachte ich, aber im Hintergrund habe ich Wien und Desselbrunn und meine Unabhängigkeit ist dadurch eine viel größere Unabhängigkeit, als wenn ich Wien oder Desselbrunn nicht hätte, oder Wien *und* Desselbrunn nicht, dachte ich. Um fünf Uhr früh werden jene Begräbnisse angesetzt, die in keiner Weise auffallen sollen, dachte ich, und mit Wertheimers Begräbnis hatten genauso die Duttweiler wie die Friedhofsverwaltung von Chur kein Aufsehen machen wollen. Wertheimers Schwester sagte mehrere Male, daß es sich beim Begräbnis ihres Bruders *um ein vorläufiges* handle, sie habe die Absicht, ihren Bruder eines Tages nach Wien *überführen* zu lassen, um ihn im Wertheimerschen Familiengrab auf dem Döblinger Friedhof beizusetzen. Im Augenblick wäre aber eine Überführung ihres Bruders nicht in Frage gekommen, warum nicht, sagte sie nicht, dachte ich. Die Wertheimergruft ist eine der größten auf dem Döblinger Friedhof, dachte ich. Möglicherweise *im Herbst* hatte Wertheimers Schwester, verehelichte Duttweiler gesagt, dachte ich. Der Herr Duttweiler hat einen Cut angehabt, dachte ich, und Wertheimers Schwester zu der Grube geführt, die ganz am anderen Ende des Churer Friedhofs, also schon am Rand des Müllberges, ausgehoben worden war. Da niemand etwas gesprochen hat und der Sarg mit Wertheimer mit einer unglaublichen Geschicklichkeit der Leichenbestatter ungemein schnell in der Grube versenkt war, hatte das Begräbnis nicht länger als zwanzig Minuten gedauert. Ein schwarzgekleideter Herr, der offensichtlich zur Bestattungsfirma gehörte, mit Sicherheit sogar der Besitzer des Bestattungsunternehmens gewesen war, dachte ich, hatte etwas sagen wollen, aber Herr Duttweiler hatte ihm schon, bevor er noch mit seiner Rede begonnen hatte, seine Rede abgeschnitten gehabt. Ich selbst war unfähig gewesen, Blumen zu besorgen und mitzubringen, das habe ich in meinem Leben nie getan, um so deprimierender war die Tatsache gewesen, daß auch die Duttweiler keine Blumen mitgebracht hatten, wahrscheinlich, denke ich, weil Wertheimers Schwester der Auffassung gewesen war, daß zum Begräbnis ihres Bruders keine Blumen passen, und sie hatte ja mit dieser Auffassung recht gehabt, dachte ich, wenn dieses völlig blumenlose Begräbnis auch einen fürchterlichen Eindruck auf alle Beteiligten gemacht hat. Herr Duttweiler gab den Leichenbestattern noch an der offenen Grube jeweils zwei Geldscheine, was abstoßend wirkte, aber doch zu dem ganzen Begräbnisvorgang paßte. Duttweilers Schwester schaute in die Grube hinein, ihr Mann tat das nicht, ich auch nicht. Ich ging hinter dem Ehepaar Duttweiler aus dem Friedhof hinaus. Vor dem Portal drehten sich die beiden nach mir um und sprachen eine Einladung zum Mittagessen aus, die ich aber nicht angenommen habe. Das war sicher nicht richtig, dachte ich jetzt im Gasthaus. Wahrscheinlich hätte ich doch von den beiden und insbesondere von Wertheimers Schwester Wichtiges, mir Nützliches erfahren können, dachte ich, so verabschiedete ich mich und stand plötzlich allein da. Chur interessierte mich nicht mehr und ich ging zum Bahnhof und fuhr mit dem nächsten Zug Richtung Wien. Es ist ganz natürlich, daß wir nach einem Begräbnis längere Zeit intensiv an den Begrabenen denken, noch dazu, wenn er ein naher, dazu auch noch ein inniger Freund gewesen ist, mit welchem wir jahrzehntelang verbunden gewesen sind, und ein sogenannter Mitschüler ist immer ein außerordentlicher Lebens- und Existenzbegleiter, weil er sozusagen ein *Ur*zeuge unserer Verhältnisse ist, dachte ich, und ich beschäftigte mich auf der Fahrt über Buchs und die liechtensteinische Grenze mit nichts anderem als mit Wertheimer. Daß er in ein tatsächlich riesiges Vermögen hineingeboren, mit diesem riesigen Vermögen nichts anfangen hatte können zeitlebens, immer unglücklich gewesen ist in diesem riesigen Vermögen, dachte ich. Daß seine Eltern unfähig gewesen sind, ihm, wie gesagt wird, die Augen zu öffnen, daß sie es gewesen sind, die schon das Kind deprimiert haben, dachte ich. *Eine deprimierende Kindheit habe ich gehabt,* so Wertheimer immer, *eine deprimierende Jugend habe ich gehabt,* so er, *eine deprimierende Studienzeit habe ich gehabt, einen mich deprimierenden Vater habe ich gehabt, eine mich deprimierende Mutter, deprimierende Lehrer, eine mich immerfort deprimierende Umwelt.* Daß sie (seine Eltern und Erzieher) seine Gefühle immer verletzt und seinen Verstand genauso immer vernachlässigt haben, dachte ich. Daß er niemals ein Zuhause gehabt hat, dachte ich, noch immer im Gastzimmer stehend, weil seine Eltern ihm kein Zuhause gegeben haben, weil sie unfähig waren, ihm ein Zuhause zu geben. Daß er wie kein anderer immer von Familie gesprochen hat, weil die Seinigen keine Familie gewesen sind. Daß er schließlich nichts mehr gehaßt hat, als seine Eltern, die er immer nur als seine Zugrunderichter und Vernichter bezeichnet hat. Daß er nach dem Tod seiner Eltern, die mit ihrem Auto in der Nähe von Brixen in eine Schlucht gestürzt sind, letztenendes niemanden mehr gehabt hat als seine Schwester, weil er alle andern, einschließlich mich, vor den Kopf gestoßen und die Schwester vollkommen in Besitz genommen hat, dachte ich, skrupellos. Daß er immer alles gefordert, aber nichts gegeben hat, dachte ich. Daß er immer wieder auf die Floridsdorfer Brücke gegangen ist, um sich hinunterzustürzen, ohne sich tatsächlich hinunterzustürzen, daß er Musik studiert hat, um ein Klaviervirtuose zu werden, ohne ein Klaviervirtuose geworden zu sein, daß er schließlich, wie er selbst immer wieder gesagt hat, in die Geisteswissenschaften geflüchtet ist, ohne zu wissen, was diese Geisteswissenschaften sind, dachte ich. Daß er einerseits seine Möglichkeiten überschätzt, andererseits unterschätzt hat, dachte ich. Daß er auch von mir immer mehr gefordert hat, als er mir gegeben hat, dachte ich. Daß er seine Ansprüche an mich, wie an Andere auch, immer zu hoch angesetzt hat, und diese seine Ansprüche niemals erfüllt werden konnten und er dadurch immer unglücklich zu sein hatte, dachte ich. Wertheimer ist als ein unglücklicher Mensch geboren worden, das hatte er gewußt, aber doch, wie alle andern unglücklichen Menschen auch, nicht einsehen wollen, daß er unglücklich zu sein *habe*, wie er glaubte und die andern nicht, das deprimierte ihn, brachte ihn aus der Verzweiflung nicht mehr heraus. *Glenn ist ein glücklicher Mensch, ich bin ein unglücklicher,* hat er oft gesagt, während ich ihm geantwortet habe, daß nicht gesagt werden könne, Glenn sei ein glücklicher, während er, Wertheimer, tatsächlich ein unglücklicher Mensch sei. Immer ist es zutreffend, wenn wir sagen, dieser oder jener Mensch sei ein unglücklicher Mensch, sagte ich zu Wertheimer, dachte ich, während es niemals zutrifft, wenn wir sagen, dieser oder jener sei ein glücklicher. Aber von Wertheimer aus war Glenn Gould immer ein glücklicher Mensch gewesen, wie auch ich, wie ich weiß, weil er es mir oft genug gesagt hat, dachte ich, mir den Vorwurf gemacht hat, daß ich glücklich sei oder wenigstens glücklicher als er, der sich die meiste Zeit als der Allerunglücklichste einschätzte. Daß Wertheimer aber auch alles getan habe, um unglücklich zu sein, jener unglückliche Mensch zu sein, von welchem er immer gesprochen hat, dachte ich, denn zweifellos hatten seine Eltern ja versucht, ihren Sohn glücklich zu machen, immer wieder, aber Wertheimer hat sie immer zurückgestoßen, wie er auch seine Schwester immer zurückgestoßen hat, wenn sie versuchte, ihn glücklich zu machen. Wie kein Mensch, so war auch Wertheimer nicht ununterbrochen der Unglückliche, der, wie er glaubte, von seinem Unglück vollkommen in Besitz genommen ist. Ich erinnere mich, daß er gerade während des Horowitzkurses glücklich gewesen ist, mit mir (und mit Glenn) Spaziergänge gemacht hat, die ihn glücklich gemacht haben, daß er auch sein Alleinsein in Leopoldskron zu einem glücklichen Zustand zu machen imstande gewesen war, wie meine Beobachtungen beweisen, dachte ich, aber tatsächlich war das alles aus, wie er zum erstenmal Glenn die Goldbergvariationen spielen gehört hat, an die Wertheimer sich, wie ich weiß, dann niemals herangetraut hat. Ich selbst hatte schon früh und lange vor Glenn Gould den Versuch gemacht, die Goldbergvariationen zu spielen, ich hatte niemals vor ihnen Angst gehabt zum Unterschied von Wertheimer, der die Goldbergvariationen sozusagen immer für später hinausgeschoben hat, dachte ich, diese Mutlosigkeit einem solchen ungeheuerlichen Werk wie die Goldbergvariationen gegenüber, hatte ich nie gehabt, unter solcher Mutlosigkeit niemals gelitten, mir über eine solche Unverschämtheit nie den Kopf zerbrochen, ja mir nicht einmal Gedanken darüber gemacht, so daß ich sie ganz einfach einzustudieren begann und schon Jahre vor dem Horowitzkurs zu spielen *wagte*, natürlich auswendig und nicht schlechter, als viele unserer berühmten Leute, aber naturgemäß nicht so, wie es mir wünschenswert gewesen wäre. Wertheimer ist immer der ängstliche Typus gewesen, völlig ungeeignet schon aus diesem gravierenden Grunde für eine Virtuosenlaufbahn noch dazu auf dem Klavier, für welche vor allem eine radikale Furchtlosigkeit gegenüber allem und jedem zu fordern ist, dachte ich. Der Virtuose, noch dazu der Weltvirtuose, darf überhaupt nichts fürchten, dachte ich, gleich, was für ein Virtuose er ist. Wertheimers Angst war immer deutlich, er hatte sie niemals auch nur leicht kaschieren können. Eines Tages mußte sein Konzept zusammenbrechen, dachte ich, wie es ja auch zusammengebrochen ist und nicht einmal dieser Zusammenbruch seines Konzepts als Künstler ist sein eigener gewesen, war erst durch meinen eigenen Entschluß, mich endgültig von meinem Steinway und von einer Virtuosenkarriere zu trennen, ausgelöst worden, dachte ich. Daß er alles von mir übernommen hat oder fast alles, dachte ich, auch alles das, das zwar mir, aber nicht ihm entsprochen hat, vieles, das mir nützlich, ihm aber schädlich sein mußte, dachte ich. Der Nacheiferer eiferte mir in allem nach, auch da, wo es ganz offensichtlich nicht anders als gegen ihn gerichtet gewesen ist, dachte ich. Ich bin Wertheimer immer nur schädlich gewesen, dachte ich, und diesen Vorwurf gegen mich werde ich solange ich lebe, nicht aus meinem Kopf herausbringen, dachte ich. Wertheimer war unselbständig, dachte ich. In vielem feinfühliger als ich, aber, das war sein größter Fehler, letztenendes nur *mit falschen Gefühlen* ausgestattet, tatsächlich ein *Untergeher*, dachte ich. Weil er nicht den Mut gehabt hat, sich das für ihn Wichtige von Glenn abzuschauen, schaute er sich von mir alles ab, was ihm aber nichts nützte, denn von mir hatte er sich nicht für ihn Taugliches abzuschauen, immer nur für ihn Untaugliches, was er aber nicht einsehen wollte, obwohl ich ihn immer wieder darauf aufmerksam gemacht habe, dachte ich. Wenn er Kaufmann und also Betreiber des Imperiums seiner Eltern geworden wäre, dachte ich, wäre er glücklich gewesen, in seinem Sinne glücklich, aber für einen solchen Entschluß hatte ihm auch der Mut gefehlt, *die kleine Kehrtwendung*, von der ich ihm gegenüber öfter gesprochen habe, auf die er aber nie eingegangen ist. Er wollte Künstler sein, *Lebenskünstler* genügte ihm nicht, obwohl doch gerade dieser Begriff alles ist, das uns glücklich macht, wenn wir hellsichtig sind, dachte ich. Schließlich war er in sein Scheitern verliebt, wenn nicht sogar vernarrt gewesen, dachte ich, hatte sich in dieses sein Scheitern verbohrt bis an sein Ende. Tatsächlich könnte ich ja sagen, er war zwar unglücklich in seinem Unglück, aber er wäre noch unglücklicher gewesen, hätte er über Nacht sein Unglück verloren, wäre es ihm von einem Augenblick auf den anderen weggenommen worden, was wiederum ein Beweis dafür wäre, daß er im Grunde gar nicht unglücklich gewesen ist, sondern glücklich und sei es durch und mit seinem Unglück, dachte ich. Viele sind ja, weil sie tief im Unglück stecken, im Grunde glücklich, dachte ich und ich sagte mir, daß Wertheimer wahrscheinlich tatsächlich glücklich gewesen ist, weil er sich seines Unglücks fortwährend bewußt gewesen ist, sich an seinem Unglück erfreuen konnte. Der Gedanke erschien mir aufeinmal gar nicht absurd, nämlich zu denken, daß er Angst hatte, daß er sein Unglück verlieren könne aus irgendeinem mir nicht bekannten Grund und deshalb nach Chur und nach Zizers gefahren ist und sich umgebracht hat. Möglicherweise müssen wir davon ausgehen, daß es den sogenannten unglücklichen Menschen gar nicht gibt, dachte ich, denn die meisten machen wir ja erst dadurch unglücklich, daß wir ihnen *ihr Unglück* wegnehmen. Wertheimer hatte Angst, *sein Unglück* zu verlieren und hat sich aus diesem und keinem anderen Grund umgebracht, dachte ich, durch einen raffinierten Kunstgriff hat er sich der Welt entzogen, sozusagen ein Versprechen eingelöst, an das schon keiner mehr geglaubt hat, dachte ich, genau der Welt entzogen, die ihn wie seine Millionen anderen Leidensgenossen tatsächlich immer nur glücklich machen wollte, was er aber mit der größten Rücksichtslosigkeit gegen sich und gegen alles andere zu verhindern wußte, weil er wie diese anderen auch, sich auf die tödliche Weise, an sein Unglück wie an nichts sonst gewöhnt hatte. Nach Studienabschluß hätte Wertheimer mehrere Konzerte geben können, aber abgelehnt, dachte ich, sie wegen Glenn nicht angenommen, es war ihm unmöglich geworden, öffentlich zu spielen, *allein der Gedanke, auf ein Podium gehen zu müssen, verursacht mir Übelkeit,* hat er gesagt, dachte ich. Zahlreiche Einladungen hat er bekommen, dachte ich, und alle diese Einladungen abgelehnt, nach Italien hätte er fahren können, nach Ungarn, in die Tschechoslowakei, nach Deutschland, denn er hatte sich unter den Agenten, wie gesagt wird, einen guten Namen gemacht allein durch die Vortragsabende im Mozarteum. Alles in ihm aber war nichts als Mutlosigkeit gewesen im Hinblick auf die Art und Weise, wie Glenn mit den Goldbergvariationen triumphiert hat. Wie kann ich jetzt, da ich Glenn gehört habe, auftreten, sagte er oft, während ich ihm immer wieder zu verstehen gegeben habe, daß er besser spiele als alle andern, *wenn auch nicht so gut wie Glenn*, was ich nicht zu ihm sagte, was aber doch immer aus allem, das ich sagte, herauszuhören gewesen war. Der *Klavierkünstler*, sagte ich zu Wertheimer, und ich hatte sehr oft diesen Begriff des Klavierkünstlers gebraucht, wenn ich mit Wertheimer über die Klavierkunst gesprochen habe, um das widerwärtige *Pianist* zu vermeiden, der Klavierkünstler also darf sich durch ein Genie nicht so weit beeindrucken lassen, daß er gelähmt ist, denn Tatsache ist doch, daß du dich so von Glenn beeindrucken hast lassen, daß du jetzt gelähmt bist, du, das außerordentlichste Talent, das jemals auf das Mozarteum gegangen ist, sagte ich, und ich sagte damit die Wahrheit, denn Wertheimer war tatsächlich ein solches außerordentliches Talent und das Mozarteum hat ein solches außerordentliches Talent auch nicht mehr gesehen, wenn Wertheimer, wie gesagt, auch nicht ein Genie gewesen ist wie Glenn. Nicht gleich von einem solchen kanadisch-amerikanischen Wirbelwind umwerfen lassen, hatte ich zu Wertheimer gesagt, dachte ich. Die nicht so außerordentlich wie Wertheimer waren, hatten sich von Glenn nicht in dieser tödlichen Weise irritieren lassen, dachte ich, hatten andererseits auch nicht das Genie Glenn Gould erkannt. Wertheimer hatte den genialen Glenn Gould erkannt und war tödlich getroffen, dachte ich. Und wenn wir zulange aussetzen und ablehnen, haben wir aufeinmal nicht mehr den Mut und dadurch nicht mehr die Kraft, aufzutreten, dachte ich, und Wertheimer hatte, nachdem er zwei Jahre nach Studienabschluß alle Einladungen abgelehnt hatte, keinerlei Mut mehr, aufzutreten, nicht mehr die Kraft, überhaupt einer Agentur zu antworten, dachte ich.

Was sich Glenn leisten konnte, nämlich von einem Augenblick auf den andern den Entschluß wahrzumachen, nicht mehr aufzutreten und doch sich noch weiter zu perfektionieren bis an die äußerste Grenze seiner und im Grunde aller klavierinstrumentalen Möglichkeiten und durch Isolation erst recht zu dem Außerordentlichsten aller Außerordentlichen und schließlich noch dazu der Weltberühmteste zu werden, war Wertheimer naturgemäß nicht möglich. Indem er sich scheute, aufzutreten, verlor er allmählich nicht nur den Zusammenhang mit dem *Konzertbetrieb*, wie ohne weiteres gesagt werden kann, sondern auch seine Fähigkeiten, denn Wertheimer war nicht wie Glenn gerade dadurch, daß er sich isolierte, nocheinmal und in höchstem Maße steigerungsfähig in seiner Kunst, Wertheimer war im Gegenteil durch die Isolation mehr oder weniger erledigt. Was mich betrifft, so spielte ich noch ein paarmal in Graz und Linz, auch einmal in Koblenz am Rhein durch Vermittlung einer Studienkollegin, und hörte ganz auf. Ich hatte mein Vergnügen am Klavierspiel nicht mehr, ich hatte nicht die Absicht, mich lebenslänglich bestätigen zu müssen einer Öffentlichkeit, die mir inzwischen und wie mir schien, ganz natürlich über Nacht, völlig gleichgültig geworden war. Wertheimer war aber diese Öffentlichkeit durchaus nicht gleichgültig, er litt unter einem ununterbrochenen künstlerischen Bestätigungszwang, wie ich sagen muß, wie übrigens Glenn auch und Glenn vielleicht in noch viel höherem Maße als Wertheimer, aber Glenn ist eben gelungen, was Wertheimer sich immer nur erträumt hatte, dachte ich. Glenn Gould war der geborene Virtuose in jeder Beziehung, dachte ich, Wertheimer von vornherein der Gescheiterte, der sein Scheitern nicht einsehen und lebenslänglich nicht begreifen konnte, war er auch einer unserer besten Klavierspieler überhaupt, wie ich ohne Einschränkung sage, so war er doch der typische Gescheiterte, der bei der allerersten tatsächlichen Konfrontation, nämlich mit Glenn, scheiterte, scheitern mußte. Glenn war das Genie, Wertheimer war nichts als Ehrgeiz, dachte ich. Tatsächlich hat Wertheimer später versucht, Anschluß zu finden, wie gesagt wird, aber keinen Anschluß mehr gefunden. Er war aufeinmal von der Klavierkunst *abgetrennt* gewesen, dachte ich. Und ist, wie er selbst immer wieder gesagt hat, in die sogenannten Geisteswissenschaften hineingegangen, ohne zu wissen, was diese Geisteswissenschaften sind, dachte ich. Ist auf den Aphorismus gekommen, böswillig gesagt, auf den Pseudophilosophismus, dachte ich. Hat jahrelang vor sich hin gespielt und dabei mehr oder weniger nichts anderes zustande gebracht als musikalische Gekränktheit, dachte ich. Versuchte es plötzlich nurmehr noch sozusagen als Zweitschopenhauer, Zweitkant, Zweitnovalis und untermalte diese pseudophilosophische Verlegenheit mit Brahms und Händel, mit Chopin und Rachmaninow. Und empfand sich selbst nurmehr noch als abstoßend, jedenfalls hatte ich diesen Eindruck dann, als ich ihn nach Jahren wiedergesehen hatte, gehabt. Der Bösendorfer war ihm nurmehr noch ein Mittel dafür gewesen, seinen Geisteswissenschaftsweg musikalisch *auszugestalten*, hierher paßt dieses häßliche Wort, dachte ich. In zwei Jahren hat er praktisch alles verloren; was er in den zwölf Studienjahren vorher erreicht gehabt hat, dachte ich, war nicht mehr anzuhören gewesen, ich erinnere mich, daß ich ihn in Traich aufgesucht habe vor zwölf oder dreizehn Jahren und erschüttert war über seine *Klimperei*, denn etwas anderes hatte er mir ja nicht vorgeführt in einem Anfall von Kunstsentimentalität, daß er mir mit seinem Vorschlag, etwas vorzuspielen, ganz bewußt seinen totalen Kunstverfall hatte vorführen wollen, glaubte ich nicht, schon eher, daß er die Hoffnung gehabt hat, ich ermunterte ihn nun doch und jetzt erst recht zu einer Karriere, an die er selbst ja schon beinahe ein Jahrzehnt nicht mehr geglaubt hat, aber von Ermunterung meinerseits konnte keine Rede sein, ich hatte ihm ganz klar gesagt, daß er am Ende sei, daß er die Finger vom Klavierspiel lassen soll, eine Peinlichkeit sei es, nichts sonst, ihm zuhören zu müssen, sein Spiel hätte mich in die größte Verlegenheit und in die tiefste Traurigkeit gestürzt. Er klappte den Bösendorferdeckel zu, stand auf und ging ins Freie, kehrte zwei Stunden nicht zurück, sprach den ganzen Abend kein Wort mehr, dachte ich. Das Klavier war ihm nicht mehr möglich gewesen, die sogenannten Geisteswissenschaften waren kein Ersatz, dachte ich. Angetreten, um große Virtuosen zu werden, fristen sie ihr Dasein jetzt schon jahrzehntelang nurmehr noch als Klavierlehrer, dachte ich, unsere ehemaligen Mitschüler, nennen sich akademische Musikpädagogen und existieren eine scheußliche Pädagogenexistenz, sind auf talentlose Schüler und deren größenwahnsinnige und kunsthabgierige Eltern angewiesen und träumen in ihren Kleinbürgerwohnungen von ihrer Musikpädagogenpension. Achtundneunzig Prozent aller Musikhochschulstudenten treten mit dem höchsten Anspruch an unseren Akademien an und verbringen nach dem Hochschulabschluß ihre Lebensjahrzehnte als sogenannte Musikprofessoren aufs lächerlichste, dachte ich. Diese Existenz ist mir und ist auch Wertheimer erspart geblieben, dachte ich, aber auch jene, die ich immer um nichts weniger gehaßt habe und die unsere bekannten und berühmten Klavierspieler von einer Großstadt zur andern und schließlich von einem Kurort zum andern und schließlich von einem Provinznest zum andern führt, bis die Finger erlahmen und die Interpretensenilität von ihnen total Besitz ergriffen hat. Kommen wir in ein kleines Nest, so sehen wir mit Sicherheit auf einem an einen Baum genagelten Plakat den Namen eines unserer ehemaligen Mitschüler, der in dem einzigen Saal des Ortes, meist ist es ein verkommener Wirtshaussaal, Mozart, Beethoven und

Bartók spielt, dachte ich, und es dreht uns den Magen um. Ein solches unwürdiges Schicksal ist uns erspart geblieben, dachte ich. Von tausend Klavierspielern gehen nur ein oder zwei nicht diesen erbarmungswürdigen, abstoßenden Weg, dachte ich. Heute weiß kein Mensch, daß ich einmal Klavier studiert habe, wie gesagt werden kann, daß ich eine Hochschule für Musik besucht habe und abgeschlossen habe und tatsächlich einer der besten Klavierspieler Österreichs, wenn nicht Europas gewesen bin, wie auch Wertheimer, dachte ich, heute schreibe ich diese Unsinnigkeiten, von welchen ich mir zu sagen getraue, sie seien *essayistisch*, um auch dieses gehaßte Wort wieder einmal zu gebrauchen auf dem Weg meiner Selbstzerstörung, schreibe diese essayistischen Auslassungen, die ich am Ende doch immer verfluchen und zerreißen und also vernichten muß, und kein Mensch weiß mehr, daß ich einmal selbst die Goldbergvariationen gespielt habe, wenn auch nicht so gut, wie Glenn Gould, den zu beschreiben ich mich seit Jahren bemühe, weil ich mich für authentischer halte in dieser Beschreibung als andere, daß ich auf das Mozarteum gegangen bin, das noch immer als eine der allerersten Musikhochschulen auf der ganzen Welt *gilt* und daß ich selbst Konzerte gegeben habe und nicht nur in Bad Reichenhall und Bad Krozingen, dachte ich. Daß ich einmal ein fanatischer Musikschüler gewesen bin, ein fanatischer Klaviervirtuose, der sich ebenbürtig mit Glenn Gould an Brahms und an Bach und an Schönberg gemessen hat. Während mir persönlich aber diese Verheimlichung immer von Vorteil und also von der größten Nützlichkeit gewesen ist, dachte ich, hat diese Verheimlichung meinem Freund Wertheimer immer zutiefst geschadet, ich habe mich an dieser Verheimlichung immer aufgerichtet, er ist von dieser Verheimlichung immer nur angekränkelt und krank gemacht worden, schließlich, wie ich jetzt ganz fest glaube, *getötet* worden. Mir war die Tatsache, daß ich über fünfzehn Jahre Tag und Nacht Klavier gespielt und es in dieser Übung schließlich zur ganz und gar außerordentlichen Perfektion gebracht habe, immer eine Waffe nicht nur gegen meine Umwelt, sondern auch gegen mich selbst gewesen, Wertheimer hat immer darunter *gelitten.* In allem und jedem ist mir die Tatsache meines Klavierstudiums immer nützlich, will sagen, immer entscheidend gewesen und gerade weil davon niemand mehr etwas weiß, weil es vergessen ist und weil ich es verheimliche. Wertheimer ist aber dieselbe Tatsache immer zum Unglück gewesen, ununterbrochener Anlaß zur Existenzdepression, dachte ich. Ich war viel besser als die meisten andern auf der Akademie, dachte ich, und habe von einem Augenblick auf den andern *aufgehört,* das hat mich stark gemacht, stärker als die, dachte ich, die nicht aufgehört haben und die nicht besser gewesen sind als ich und die in ihrem Dilettantismus eine lebenslängliche Zuflucht gefunden haben, sich Professoren nennen und mit Auszeichnungen und Orden zudecken lassen, dachte ich. Alle diese musikalischen Dummköpfe, die die Akademien abgeschlossen und ihre Konzerttätigkeit aufgenommen haben, wie gesagt wird, dachte ich. Ich habe niemals die Konzerttätigkeit aufgenommen, dachte ich, mein Kopf hat es mir verboten, aber aus einem ganz anderen Grund habe ich die sogenannte Konzerttätigkeit nicht aufgenommen als Wertheimer, der sie, wie gesagt, wegen Glenn Gould nicht aufgenommen hat oder wenigstens schon gleich wieder abgebrochen hat, wie gesagt wird, wegen Glenn Gould, mir hat mein Kopf die Aufnahme der Konzerttätigkeit verboten, Wertheimer war von Glenn Gould daran gehindert worden. Eine Konzerttätigkeit ist das fürchterlichste, das sich vorstellen läßt, gleich was für eine, spielen wir Klavier vor einem Publikum, ist es entsetzlich, spielen wir Geige vor einem Publikum, ist es entsetzlich, ganz zu schweigen von der Entsetzlichkeit, die wir zu ertragen haben, wenn wir vor einem Publikum singen, dachte ich. Es ist unser größtes Kapital, wenn wir sagen können, wir haben an einer berühmten Hochschule studiert und haben an dieser berühmten Hochschule unseren Abschluß gemacht, wie gesagt wird, und machen nichts daraus und verschweigen das Ganze, dachte ich. Verplempern dieses Vermögen nicht durch jahrelange und jahrzehntelange Konzertauftritte etcetera, dachte ich, sondern betrachten das Ganze als ein abgeschlossenes Kapitel, um es zu verheimlichen. Aber ich selbst bin immer ein Verheimlichungsgenie gewesen, dachte ich, ganz im Gegensatz zu Wertheimer, der im Grunde nichts verheimlichen konnte, auch über alles immer reden hat müssen, alles aus sich heraus veräußern hat müssen, solange er gelebt hat. Aber natürlich hatten wir zum Unterschied von den meisten andern, das Glück, kein Geld verdienen zu müssen, weil wir von Anfang an genug gehabt haben. Während Wertheimer aber jener gewesen ist, der sich dieses Geldes immer geschämt hat, habe ich selbst mich niemals dieses Geldes geschämt, dachte ich, denn das wäre doch das Verrückteste, sich des Geldes zu schämen, in das man hineingeboren ist, wenigstens wäre es meiner Ansicht nach eine Perversität, auf jeden Fall ein abstoßendes Geheucheltes, dachte ich. Wo wir hinschauen, heucheln die Leute, indem sie andauernd sagen, sie schämten sich des Geldes, das sie haben und das andere nicht haben, während es doch in der Natur der Sache ist, daß die einen Geld haben und die andern keins und einmal haben diese kein Geld und die andern haben eins und umgekehrt, daran wird sich nichts ändern, und die einen trifft keine Schuld daran, daß sie Geld haben, wie die andern, daß sie keins haben etcetera, dachte ich, was aber nicht verstanden wird, weder von den einen, noch von den andern, weil sie letztenendes doch nur die Heuchelei kennen und sonst nichts. Ich habe mir niemals den Vorwurf gemacht, Geld zu haben, dachte ich, Wertheimer machte sich andauernd diesen Vorwurf, ich habe niemals gesagt, ich leide darunter, reich zu sein wie Wertheimer, der das sehr oft gesagt hat und der auch vor den unsinnigsten Spendenmanövern nicht zurückschreckte, die ihm letztenendes nichts genützt haben, diese Millionen nämlich, die er beispielsweise in die afrikanische Sahelzone geschickt hat und die dort, wie er später erfahren hat, niemals angekommen sind, weil sie von jenen katholischen Organisationen aufgefressen worden sind, an die er sie überweisen hat lassen. Die Unsicherheit des Menschen ist seine Natur, seine Verzweiflung hat Wertheimer sehr oft und sehr richtig gesagt, nur ist es ihm nie gelungen, sich an seine eigenen Aussprüche zu halten, sich an ihnen *fest*zuhalten, er hatte immer ein ungeheures, ein tatsächlich ungeheueres *Theoretisches* im Kopf (und in seinen Aphorismen!), dachte ich, tatsächlich die rettende Lebens- und Existenzphilosophie, aber er war unfähig, sie sich selbst zuzuführen. In der Theorie meisterte er alle Unbequemlichkeiten des Lebens, alle Verzweiflungszustände, das ganze zermürbende Böse auf der Welt, *aber praktisch war er dazu nicht und niemals imstande.* So war er ganz gegen seine eigenen Theorien immer weiter zugrunde gegangen bis in den Selbstmord hinein, dachte ich, bis nach Zizers, seiner lächerlichen Endstation, dachte ich. Theoretisch hat er immer nur gegen den Selbstmord gesprochen, ihn aber ohne weiteres *mir* zugetraut, ist er immer wieder auf *mein* Begräbnis gegangen, praktisch hat *er* sich umgebracht und *ich* bin auf *sein* Begräbnis gegangen. Theoretisch ist er einer der größten Klaviervirtuosen der Welt geworden, einer der allerberühmtesten Künstler überhaupt (wenn auch nicht ein solcher wie Glenn Gould!), praktisch hat er auf dem Klavier nichts erreicht, dachte ich, und ist auf die erbärmlichste Weise in seine sogenannten Geisteswissenschaften hinein geflohen. Theoretisch war er ein Existenzbeherrscher, praktisch hat er seine Existenz nicht nur nicht beherrscht, sondern ist von ihr vernichtet worden, dachte ich. Theoretisch war er unser, nämlich mein und Glenns Freund, praktisch ist er es nie gewesen, dachte ich, denn wie zu seinem Virtuosentum, hat ihm auch zur *tatsächlichen* Freundschaft, alles gefehlt, wie sein Selbstmord beweist, dachte ich. Fazit ist: *er* hat sich umgebracht, nicht *ich*, dachte ich, ich hob gerade meine Tasche vom Boden auf, um sie auf die Bank zu stellen, da trat die Wirtin ein. Überrascht sei sie, sagte sie, hätte mich nicht gehört, ich dachte, sie belügt mich. Mit Sicherheit hat sie mich sogar in das Gasthaus hereingehen gesehen, mich die ganze Zeit beobachtet, absichtlich das Gastzimmer nicht betreten, die widerwärtige, abstoßende, gleichzeitig anziehende Natur, die ihre Bluse bis zum Bauch herunter offen hatte. Die Gemeinheit dieser Menschen, die sie gar nicht mehr verbergen, dachte ich, offen zur Schau stellen, dachte ich. Die das Verbergen ihrer Gemeinheit, Niedrigkeit nicht notwendig haben, sagte ich mir. Das Zimmer, das ich immer gehabt habe, so sie, sei ungeheizt, aber wahrscheinlich sei es gar nicht notwendig, zu heizen, denn es wehe ein warmer Wind, sie werde die Fenster des Zimmers öffnen und die warme Frühlingsluft hereinlassen, sagte sie, während sie die Absicht hatte, ihre Bluse zuzuknüpfen, ohne die Bluse dann tatsächlich zuzuknöpfen. Wertheimer sei bei ihr gewesen, bevor er nach Zizers abgereist sei. Daß er sich umgebracht habe, habe sie vom Frächter erfahren, der Frächter habe es von einem der Holzknechte gehört, die Wertheimers Besitz betreuen und bewachen, vom Kohlroser (Franz). Es sei nicht klar, wer Traich jetzt in Besitz nehmen wird, sagte sie, die Schwester Wertheimers sicher nicht, meinte sie, die sei für immer in die Schweiz. Sie habe sie nur zweimal in den letzten zehn Jahren gesehen, eine *unzugängliche Frau*, ganz anders als der Bruder, der umgänglich gewesen sei, sie gebrauchte sogar den Ausdruck *leutselig*, was mich verwunderte, denn ich hatte das Wort leutselig niemals mit Wertheimer in Beziehung gebracht. Wertheimer sei zu allen Leuten *gut* gewesen, sagte sie, tatsächlich sagte sie *gut*, im gleichen Atemzug aber auch, er habe Traich *stehenlassen.* In letzter Zeit seien oft Fremde in Traich erschienen, tagelang, ja wochenlang geblieben, ohne daß Wertheimer selbst in Traich aufgetaucht sei, Leute, die von Wertheimer den Schlüssel zu Traich ausgehändigt bekommen hatten, wie sie sagte, Künstler, Musiker, ihr Tonfall bei den Wörtern *Künstler* und *Musiker* war ein verächtlicher. Diese Leute, so sie, hätten Wertheimer und sein Traich nur ausgenützt, sich tagelang und wochenlang auf seine Kosten angetrunken und angegessen, seien bis zu mittag in den Betten liegen geblieben, durch den Ort gezogen mit lautem Gelächter in verrückten Kleidern, alle verwahrlost, wie sie meinte, hätten sie den schlechtesten Eindruck gemacht. An Wertheimer selbst, meinte sie, sei eine fortschreitende Verwahrlosung festzustellen gewesen, das Wort *Verwahrlosung* hat sie in die Länge gezogen, das hat sie von Wertheimer, dachte ich. In der Nacht habe sie Wertheimer Klavierspielen gehört, sagte sie, oft halbe Nächte bis in der Frühe, unausgeschlafen und in zerknitterten und abgerissenen Kleidern sei Wertheimer zuletzt durch den Ort gegangen, habe sich zu ihr in das Gastzimmer hereingesetzt zu keinem anderen Zweck, als um sich *auszuschlafen.* Die letzten Monate sei er nicht mehr nach Wien gefahren, habe sich nicht einmal mehr für die dort liegende Post interessiert, diese Post sich auch nicht mehr nachschikken lassen. Vier Monate sei er allein in Traich gewesen, ohne das Haus zu verlassen, die Holzknechte versorgten ihn mit Lebensmitteln, so sie, während sie meine Tasche aufhob und damit in mein Zimmer hinauf ging. Sie öffnete sofort das Fenster und sagte, daß den ganzen Winter niemand mehr in diesem Zimmer übernachtet habe, alles sei schmutzig, sagte sie, wenn es mir nichts ausmache, werde sie einen Fetzen holen und aufwischen, wenigstens den Dreck vom Fensterbrett, sagte sie, ich lehnte das aber ab, mir wäre der Dreck gleichgültig. Sie schlug das Bettzeug zurück und meinte, daß es frisch sei, die Luft werde es trocknen. Alle Gäste wollen immer dasselbe Zimmer, sagte sie. Früher habe Wertheimer niemanden in Traich übernachten lassen, aufeinmal sei sein Haus bevölkert gewesen, sagte die Wirtin. Dreißig Jahre war kein Mensch außer Wertheimer selbst in Traich über Nacht gewesen, in den letzten Wochen vor seinem Tod hätten sich Dutzende Stadtleute, so sie, in Traich aufgehalten, in Traich übernachtet, das ganze Haus *auf den Kopf gestellt*, so sie. Die Künstler, sagte sie, seien *eigenartige* Menschen, das Wort *eigenartig* war auch nicht von ihr, sondern von Wertheimer, der eine Vorliebe für das Wort *eigenartig* gehabt hat, wie ich dachte. Lange Zeit halten solche Leute wie Wertheimer (wie auch ich!) Abgeschlossenheit aus, dachte ich, dann müssen sie Gesellschaft haben, zwanzig Jahre hat Wertheimer es ohne Gesellschaft ausgehalten, dann hat er sein Haus mit allen möglichen Leuten angefüllt. Und sich umgebracht, dachte ich. Wie mein Haus in Desselbrunn, ist Traich für das Alleinsein geeignet, dachte ich, für einen Kopf wie ich, wie Wertheimer, dachte ich, für einen künstlerischen Kopf, einen sogenannten Geisteskopf, aber wenn wir ein solches Haus über eine ganz bestimmte Grenze hinaus strapazieren, bringt es uns um, ist es absolut tödlich. Zuerst richten wir ein solches Haus für unsere künstlerischen und geistigen Zwecke ein, und wenn wir es dafür eingerichtet haben, tötet es uns, dachte ich, wie die Wirtin mit den bloßen Fingern den Staub von der Kastentür wischte, völlig ungeniert, im Gegenteil hatte es ihr Spaß gemacht, daß ich sie dabei beobachtete, sie sozusagen nicht aus den Augen ließ. Jetzt war es mir aufeinmal nicht mehr unverständlich, daß Wertheimer mit ihr ins Bett ging. Ich sagte, ich werde wahrscheinlich nur eine Nacht bleiben, ich hätte aufeinmal das Bedürfnis gehabt, nocheinmal nach Traich zu kommen und also in ihrem Wirtshaus zu übernachten, ob sie sich an den Namen *Glenn Gould* erinnere, fragte ich sie, ja, war ihre Antwort, *der Weltberühmte.* Der sei auch wie Wertheimer über fünfzig geworden, sagte ich, der Klaviervirtuose, der beste auf der ganzen Welt, der einmal in Traich gewesen ist vor achtundzwanzig Jahren, sagte ich, woran sie sich wahrscheinlich nicht erinnern könne, was sie aber sofort richtigstellte, indem sie sagte, sie erinnere sich genau an *diesen Amerikaner.* Aber dieser Glenn Gould habe sich nicht umgebracht, sagte ich, er sei vom Schlag getroffen, *tot umgefallen am Klavier*, sagte ich, die Hilflosigkeit, mit welcher ich das sagte, war mir bewußt, aber sie war mir vor der Wirtin weniger peinlich als vor mir selbst, *tot umgefallen* hörte ich mich noch sagen, als die Wirtin schon am offenen Fenster gewesen war, um festzustellen, daß der Gestank der Papierfabrik die Luft verpestete, wie immer bei Föhn, sagte sie. Wertheimer hat sich umgebracht, sagte ich, *dieser Glenn Gould* nicht, der sei eines natürlichen Todes gestorben, so geschraubt habe ich nie vorher etwas gesagt, dachte ich. Möglicherweise hat sich Wertheimer umgebracht, weil *dieser Glenn Gould* gestorben ist. Ein Schlaganfall sei etwas Schönes, sagte die Wirtin, jeder wünsche sich einen Schlaganfall, einen tödlichen. Ein plötzliches Ende. Ich werde gleich jetzt nach Traich hinüber gehen, sagte ich, ob die Wirtin wisse, ob jemand in Traich sei, wer überhaupt das Haus jetzt bewache. Sie wisse es nicht, mit Sicherheit seien aber die Holzknechte in Traich. Ihrer Meinung nach habe sich in Traich seit dem Tode Wertheimers nichts geändert. Wertheimers Schwester, die zweifellos Traich geerbt habe, sei hier nicht erschienen, *auch kein anderer Erbberechtigter*, wie sie sagte. Ob ich auf ein Nachtmahl in ihrem Gasthaus Wert legte, fragte sie, ich sagte, ich könne jetzt noch nicht sagen, was am Abend geschieht, natürlich werde ich bei ihr eine Essigwurst essen, die bekomme ich sonst nirgends, dachte ich, aber ich sagte das nicht, ich dachte das nur. Ihr Geschäft ginge wie immer, die Papierfabriksarbeiter hielten es in Gang, die kommen alle erst am Abend, zu Mittag komme kaum ein Gast, das sei immer so gewesen. Wenn überhaupt, dann sitzen nur die Bierführer und die Holzknechte in der Gaststube, auf eine Speckwurst, sagte sie. Aber sie habe genug zu tun. Daß sie einmal verheiratet gewesen ist mit einem Papierarbeiter dachte ich, mit dem sie drei Jahre zusammengelebt hat, bis er in eine der gefürchteten Papiermühlen gefallen und von dieser Papiermühle zermalmt worden ist, und daß sie dann nicht mehr geheiratet hat. Mein Mann ist jetzt schon neun Jahre tot, sagte sie unvermittelt, und setzte sich auf die Fensterbank. Heiraten kommt nicht mehr in Frage, sagte sie, alleinsein ist besser. Aber zuerst setze man alles daran, sich zu verheiraten, einen Mann zu bekommen, sie sagte nicht, dann bin ich froh gewesen, daß er wieder weg war, was sie mit Sicherheit dachte, sie sagte, das Unglück hätte nicht sein müssen, *der Herr Wertheimer hat mir sehr geholfen die erste Zeit nach dem Begräbnis.* In dem Augenblick, in dem sie das Zusammenleben mit ihrem Mann schon nicht mehr ausgehalten hat, dachte ich, sie beobachtend, ist er in die Papiermühle hineingefallen und war weg, hat ihr eine, wenn auch nicht ausreichende, so doch regelmäßige Rente hinterlassen. *Mein Mann war ein guter Mensch*, sagte sie, *Sie haben ihn ja gekannt*, obwohl ich mich an den Mann kaum erinnern konnte, nur daß er immer den gleichen Papierfabriksfilzanzug angehabt hat, mit der Papierfabriksfilzkappe auf dem Kopf am Tisch im Gastzimmer gesessen ist, große Selchfleischstücke verzehrend, die ihm seine Frau hingestellt hat. *Mein Mann war ein guter Mensch*, wiederholte sie mehrere Male, schaute zum Fenster hinaus und richtete sich das Haar. Das Alleinsein hat auch was für sich, sagte sie. Sicher sei ich auf dem Begräbnis gewesen, sagte sie und sie wollte sofort alles über das Begräbnis Wertheimers wissen, daß es in Chur stattgefunden hat, wußte sie schon, aber die näheren Umstände, die zum Begräbnis Wertheimers geführt haben, waren ihr noch nicht bekannt, so setzte ich mich auf das Bett und berichtete. Es ist mir naturgemäß nur ein bruchstückhafter Bericht gelungen, ich habe damit angefangen, daß ich in Wien gewesen sei, damit beschäftigt, meine Wohnung aufzulassen, eine große Wohnung, sagte ich, viel zu groß für einen Menschen allein und völlig überflüssig für einen, der sich in Madrid, dieser herrlichsten aller Städte, ansässig gemacht habe, sagte ich. Aber ich verkaufte die Wohnung nicht, sagte ich, wie ich auch nicht daran denke, Desselbrunn zu verkaufen, das ihr ja bekannt sei. Sie sei ja einmal mit ihrem Mann in Desselbrunn gewesen, vor vielen Jahren, *wie die Meierei abgebrannt ist*, sagte ich, in einer Wirtschaftskrise wie heute ist es eine Dummheit, eine Realität zu verkaufen, sagte ich, das Wort *Realität* hatte ich absichtlich mehrere Male gesagt, es war wichtig in meinem Bericht. Der Staat sei bankrott, sagte ich, dazu schüttelte sie den Kopf, die Regierung sei korrupt, sagte ich, die Sozialisten, die jetzt schon dreizehn Jahre an der Macht seien, hätten diese Macht bis zum äußersten ausgenützt und den Staat vollkommen ruiniert. Während ich redete, nickte die Wirtin mit dem Kopf und schaute abwechselnd auf mich und zum Fenster hinaus. Alle wollten sie eine sozialistische Regierung, sagte ich, aber jetzt sehen sie, daß gerade diese sozialistische Regierung alles verpulvert hat, das Wort *verpulvert* hatte ich absichtlich deutlicher als alle andern ausgesprochen und es überhaupt gebraucht zu haben, schämte ich mich nicht einmal, ich wiederholte das Wort *verpulvert* im Hinblick auf den Staatsbankrott unter unserer sozialistischen Regierung noch mehrere Male und sagte auch noch, daß der Kanzler ein gemeiner, durchtriebener, gefinkelter Mann sei, der den Sozialismus nur als ein Vehikel für seine perversen Machtgelüste mißbraucht habe, wie übrigens die ganze Regierung, sagte ich, alle diese Leute sind nichts als nur machtgierig, niederträchtig und skrupellos, der Staat, der sie selbst sind, sei ihnen alles, sagte ich, das Volk, das sie regierten, bedeute ihnen soviel wie nichts. Ich bin und liebe dieses Volk, aber ich will mit diesem Staat nichts zu tun haben, sagte ich. Unser Land habe *noch nie in seiner Geschichte* einen solchen Tiefstand erreicht, sagte ich, noch nie in seiner Geschichte sei es von niedrigeren und also charakterloseren und stumpfsinnigeren Leuten regiert worden. Aber das Volk ist dumm, sagte ich, und ist zu schwach, einen solchen Zustand zu ändern, es fällt gerade auf solche gefinkelten, machtgierigen Leute, wie die jetzt an der Regierung seien, herein. Wahrscheinlich wird sich auch bei der nächsten Wahl nichts an diesem bedauernswerten Zustand ändern, sagte ich, denn die Österreicher sind Gewohnheitsmenschen und sie gewöhnen sich auch an den Sumpf, in welchem sie jetzt schon über ein Jahrzehnt lang waten. Das arme Volk, sagte ich. Und auf das Wort *Sozialismus*, sagte ich, fallen vor allem die Österreicher immer noch herein, obwohl jeder weiß, daß das Wort *Sozialismus* seinen Wert verloren hat. Die Sozialisten sind keine Sozialisten mehr, sagte ich, die heutigen Sozialisten sind die neuen Ausbeuter, alles verlogen! sagte ich zur Wirtin, die diese unsinnige Abschweifung aber gar nicht hören wollte, wie ich aufeinmal bemerkte, denn sie lechzte ja nur nach meinem Begräbnisbericht. Also sagte ich, ich wäre in Wien von dem Telegramm aus Zizers überrascht worden, das Telegramm der Frau Duttweiler, sagte ich, der Schwester Wertheimers, habe mich in Wien erreicht, ich sei im berühmten Palmenhaus gewesen, sagte ich, und fand das Telegramm an der Tür. Es sei mir bis jetzt unklar, woher die Frau Duttweiler wußte, daß ich mich in Wien aufhielt, sagte ich. Eine häßlich gewordene Stadt, die mit dem Wien von früher nicht mehr zu vergleichen ist. Eine schreckliche Erfahrung, nach Jahren im Ausland, in diese Stadt zurückzukommen, überhaupt in dieses verkommene Land, sagte ich. Daß mir Wertheimers Schwester überhaupt telegrafiert, daß sie mich überhaupt vom Tod ihres Bruders verständigt habe, wundere mich. Duttweiler, sagte ich, was für ein entsetzlicher Name! Eine reiche Schweizer Familie, sagte ich, in welche Wertheimers Schwester hineingeheiratet hat, ein Chemiekonzern. Aber wie sie selbst wisse, sagte ich zur Wirtin, habe Wertheimer seine Schwester immer unterdrückt, nicht aufkommen lassen, im letzten, im allerletzten Moment habe die sich ihm entzogen. Wenn die Wirtin jetzt nach Wien fahren würde, sagte ich, wäre sie entsetzt. Wie sich diese Stadt zu ihrem Nachteil verändert habe, sagte ich. Keine Spur von Größe, alles Abschaum! sagte ich. Am besten, man halte sich aus allem heraus, ziehe sich aus allem zurück, sagte ich. Daß ich schon vor Jahren fort und nach Madrid gegangen sei, hätte ich nicht einen Augenblick bereut. Aber wenn wir die Möglichkeit, wegzugehen, nicht haben und in einem solchen stumpfsinnigen Land bleiben müssen, in einer solchen stumpfsinnigen Stadt wie Wien, gehen wir ein, überleben wir ja nicht lange, sagte ich. Zwei Tage habe ich in Wien Zeit gehabt, über Wertheimer nachzudenken, sagte ich, auf der Fahrt nach Chur, während der Nacht vor dem Begräbnis. Wieviele Leute beim Begräbnis Wertheimers gewesen wären, wollte sie wissen. Nur die Duttweiler, ihr Mann und ich, sagte ich. Und natürlich die Bestattungsleute, sagte ich. Alles sei in nicht einmal zwanzig Minuten vorbei gewesen. Die Wirtin sagte, Wertheimer habe immer davon gesprochen, daß er ihr, sollte er vor ihr sterben, eine Halskette hinterläßt, *eine wertvolle*, sagte sie, *von seiner Großmutter*. Aber sicher habe Wertheimer sie in seinem Testament nicht begünstigt, meinte sie, und ich dachte, daß Wertheimer mit Sicherheit gar kein Testament gemacht hat. Wenn Wertheimer der Wirtin eine Halskette versprochen hat, sagte ich zu ihr, wird sie diese Halskette auch bekommen. Wertheimer habe hin und wieder bei ihr übernachtet, sagte sie mit einem rot gewordenen Gesicht, wenn er sich, wie das öfter vorgekommen sei, in Traich fürchtete, von Wien angekommen, zuerst zu ihr gegangen sei, um zu übernachten, denn im Winter sei er oft überraschend aus Wien nach Traich gekommen und in Traich sei nicht eingeheizt gewesen. Die Leute, die er in der letzten Zeit nach Traich kommen hat lassen, hätten *verrückte Kleider* angehabt, *Schauspieler*, sagte sie, *wie vom Zirkus*. Bei ihr hätten sie nichts konsumiert, sich mit allem Trinkbaren in der Gemischtwarenhandlung eingedeckt. Die haben ihn nur ausgenützt, sagte die Wirtin, haben wochenlang auf seine Kosten in Traich gehaust, alles durcheinandergebracht, Lärm gemacht die ganze Nacht bis in die Frühe. *So ein Gesindel*, sagte sie. Wochenlang seien sie allein in Traich gewesen, ohne Wertheimer, der erst ein paar Tage vor seiner Abreise nach Chur aufgetaucht sei. Oft habe Wertheimer zur Wirtin gesagt, daß er nach Zizers zu seiner Schwester und seinem Schwager fahren werde, es aber immer hinausgeschoben habe. Er habe seiner Schwester viele Briefe nach Zizers geschrieben, sie solle zu ihm nach Traich kommen, sich von ihrem Mann wieder trennen, von welchem er, Wertheimer, nie etwas gehalten habe, so die Wirtin, *von diesem schauerlichen Menschen*, so sie mit diesem Wort Wertheimers, aber die Schwester hatte seine Briefe nicht beantwortet. Wir können keinen Menschen an uns binden, sagte ich, wenn dieser Mensch es nicht will, müssen wir ihn in Ruhe lassen, sagte ich. Wertheimer hat seine Schwester für immer und ewig an sich binden wollen, sagte ich, das war ein Fehler. Er hat seine Schwester verrückt gemacht und ist dabei selber wahnsinnig geworden, sagte ich, denn das ist wahnsinnig, wenn sich einer umbringt. Was geschieht jetzt mit dem vielen Geld? hat die Wirtin gefragt, das Wertheimer hinterlassen hat. Das wisse ich nicht, sagte ich, geerbt hat es sicher die Schwester, meinte ich. *Wo viel Geld ist, kommt wieder viel Geld hin*, sagte die Wirtin, darauf wollte sie mehr vom Begräbnis erfahren, aber ich wußte nicht mehr, was berichten, denn ich hatte ja schon alles über das Begräbnis Wertheimers gesagt, mehr oder weniger alles. Ob es ein *jüdisches Begräbnis* gewesen sei, wollte die Wirtin wissen. Ich sagte, *nein, kein jüdisches Begräbnis,* er ist auf dem schnellsten Weg eingegraben worden, sagte ich, alles ist so schnell gegangen, daß ich es beinahe übersehen habe. Die Duttweiler haben mich nach dem Begräbnis zum Essen eingeladen, sagte ich, ich habe aber abgelehnt, ich wollte nicht mit ihnen zusammen sein. Aber das ist ein Fehler gewesen, sagte ich, ich hätte annehmen und mit ihnen gehen sollen, so stand ich plötzlich allein da und wußte nicht, was ich jetzt tun soll, sagte ich. Chur ist eine häßliche Stadt, sagte ich, finster wie keine andere. Wertheimer ist in Chur nur *vorläufig* begraben, sagte ich plötzlich, sie wollen ihn *endgültig in Wien* begraben, auf dem Döblinger Friedhof, sagte ich, in der Familiengruft. Die Wirtin stand auf und meinte, daß die warme Luft von draußen, das Zimmer schon erwärmen würde bis zum Abend, ich könne beruhigt sein. Die Winterkälte steckt noch herinnen, sagte sie. Tatsächlich hatte ich Angst vor einer Erkältung bei dem Gedanken, in dem Zimmer übernachten zu müssen, in welchem ich schon so viele schlaflose Nächte gehabt habe. Woanders hätte ich aber nicht hingehen können, weil es entweder zu weit weg oder noch viel primitiver ist, dachte ich. Freilich war ich früher viel anspruchsloser, dachte ich, noch nicht so empfindlich wie heute und ich dachte, daß ich mir auf jeden Fall noch zwei Wolldecken von der Wirtin erbitten werde, bevor ich zu Bett gehe. Ob sie mir nicht doch noch einen heißen Tee machen könne, bevor ich nach Traich gehe, sagte ich zur Wirtin, die daraufhin in die Küche hinunter ging, um einen heißen Tee zu machen. Inzwischen packte ich meine Tasche aus und hängte den schwarzgrauen Anzug, den ich sozusagen als Begräbnisanzug nach Chur mitgenommen hatte, in den Kasten. Überall haben sie den abgeschmackten Raffaelengel in ihren Schlafzimmern, dachte ich in Betrachtung des Raffaelengels an der Wand, der schon ganz verschimmelt, dadurch aber schon wieder erträglich geworden war. Ich erinnerte mich, daß mich hier gegen fünf Uhr früh die an den Trog stürzenden Schweine aufgeweckt haben, das rücksichtslose stupide Türzuwerfen der Wirtin. Wenn wir wissen, was uns bevorsteht, dachte ich, ertragen wir es leichter. Im Spiegel, vor dem ich mich zu bücken hatte, um mich sehen zu können, entdeckte ich die Flechte auf meiner Schläfe, die ich wochenlang mit einer chinesischen Salbe behandelt hatte und die schon verschwunden, jetzt aufeinmal wieder da war, diese Feststellung ängstigte mich. Sofort dachte ich an eine bösartige Krankheit, die mir vom Arzt verschwiegen wird und die er mich nur, um mich zu beschwichtigen, mit dieser chinesischen Salbe behandeln läßt, die in Wahrheit, wie ich jetzt festzustellen hatte, wertlos war. Eine solche Flechte kann naturgemäß Ausgangspunkt einer schweren, bösartigen Erkrankung sein, dachte ich und drehte mich um. Daß ich in Attnang Puchheim ausgestiegen und nach Wankham gefahren bin, um nach Traich zu gehen, kam mir aufeinmal vollkommen unsinnig vor. Dieses grauenhafte Wankham hätte ich mir ersparen können, dachte ich, das habe ich notwendig gehabt, dachte ich, aufeinmal in diesem kalten, muffigen Zimmer zu stehen und mich vor der Nacht zu fürchten, die mir in allen ihren Fürchterlichkeiten vorzustellen, mir nicht schwer fiel. Selbst wenn ich in Wien geblieben und auf das Telegramm der Duttweiler gar nicht reagiert hätte und eben nicht nach Chur gefahren wäre, sagte ich mir, wäre es besser gewesen, als diese Churreise unternommen zu haben, in Attnang Puchheim ausgestiegen und nach Wankham gegangen zu sein, um nocheinmal Traich zu sehen, das mich ja nichts angeht. Da ich mit den Duttweiler nichts gesprochen und selbst am offenen Grab Wertheimers nicht das geringste empfunden habe, dachte ich, hätte ich der ganzen Tortur ohne weiteres ausweichen können, sie nicht auf mich nehmen müssen. Meine Vorgangsweise war mir widerwärtig. Andererseits, was hätte ich auch mit der Schwester Wertheimers zu besprechen gehabt? fragte ich mich. Mit ihrem Mann, der mich überhaupt nichts anging und der mich tatsächlich abgestoßen hat, noch mehr in der persönlichen Begegnung als durch die Beschreibungen Wertheimers, die ihn ja schon in einem mehr als schlechten Licht gezeigt hatten. Mit solchen Leuten, wie Duttweiler, spreche ich ja nicht, hatte ich gleich gedacht, wie ich den Duttweiler zuerst gesehen hatte. Aber selbst ein solcher Duttweiler hat die Wertheimer ihren Bruder verlassen und in die Schweiz gehen lassen, dachte ich, selbst ein solcher widerwärtiger Duttweiler! Ich schaute wieder in den Spiegel und stellte fest, daß die Flechte sich jetzt schon nicht nur auf meiner rechten Schläfe, sondern auch am Hinterkopf festgesetzt hatte. Möglicherweise geht die Duttweiler jetzt nach Wien zurück, dachte ich, ihr Bruder ist tot, die Kohlmarktwohnung ist für sie frei geworden, sie hat die Schweiz nicht mehr notwendig. Die Wiener Wohnung gehört ihr, ebenso Traich. Wenn es noch dazu ihre Möbel sind in der Kohlmarktwohnung, dachte ich, die sie geliebt, die ihr Bruder, wie er selbst immer gesagt hat, gehaßt hat. Jetzt kann sie mit dem Schweizer gut in Zizers leben, dachte ich, denn sie kann jederzeit nach Wien zurück oder nach Traich. Der Virtuose liegt auf dem Churer Friedhof nahe der Müllhalde, dachte ich einen Augenblick. Wertheimers

Eltern waren noch nach dem jüdischen Gesetz bestattet worden, dachte ich, Wertheimer selbst hatte sich die letzten Jahre immer als *religionslos* bezeichnet. Die Wertheimergruft auf dem Döblinger Friedhof, gleich neben der sogenannten Lieben-Gruft und dem Theodor Herzl-Grab, hatte ich mehrere Male mit Wertheimer aufgesucht, es hatte ihn nicht irritiert, daß der riesige Granitblock, in den die Namen der in der Wertheimergruft liegenden Wertheimer hineingemeißelt waren, von einer aus der Gruft herauswachsenden Buche schon zehn oder zwanzig Zentimeter weggeschoben worden war im Laufe der Zeit; seine Schwester habe ihn immer wieder dazu zwingen wollen, die Buche zu entfernen und den Granitblock wieder auf seinen ursprünglichen Platz zu rücken, ihn selbst störte die Tatsache, daß die Buche ungehemmt aus der Gruft herauswachsen und den Granitblock hatte verschieben können, nicht, im Gegenteil, bestaunte er jedesmal, wenn er vor die Gruft getreten war, die Buche und den jedesmal noch weiter weggeschobenen Granitblock. Jetzt wird die Schwester die Buche aus der Gruft entfernen und den Granitblock geraderichten und vorher noch wird sie Wertheimer aus Chur nach Wien *überführen* und in der Gruft bestatten lassen, dachte ich. Wertheimer ist der leidenschaftlichste Friedhofsgeher gewesen, den ich gekannt habe, ein noch leidenschaftlicherer als ich selbst, dachte ich. Mit dem rechten Zeigefinger schrieb ich ein großes W in den Staub auf der Kastentür. Desselbrunn fiel mir bei dieser Gelegenheit ein, für einen Augenblick ertappte ich mich in dem sentimentalen Gedanken, vielleicht doch auch noch nach Desselbrunn zu gehen, tötete diesen Gedanken aber sofort wieder ab. Ich wollte konsequent sein und sagte mir, ich gehe nicht nach Desselbrunn, ich gehe noch fünf oder sechs Jahre nicht nach Desselbrunn. Ein solcher Desselbrunnbesuch schwächt mich sicher auf Jahre hinaus, sagte ich mir, ich kann mir einen Desselbrunnbesuch nicht leisten. Die Landschaft vor dem Fenster war die öde, krankmachende, die mir wohlbekannte Desselbrunnlandschaft, die ich vor Jahren aufeinmal nicht mehr sehen konnte. Wäre ich nicht weggegangen aus Desselbrunn, sagte ich mir, wäre ich zugrunde gegangen, ich existierte nicht mehr, ich wäre *vor* Glenn und *vor* Wertheimer zugrunde gegangen, abgestorben, wie ich sagen muß, denn die Landschaft in und um Desselbrunn ist eine Absterbenslandschaft, wie die Landschaft vor dem Fenster in Wankham, die alle bedroht und langsam erdrückt und niemals aufrichtet, niemals in Schutz nimmt. Wir können uns unseren Geburtsort nicht aussuchen, dachte ich. Wir können aber aus diesem Geburtsort weggehen, wenn er uns zu erdrücken droht, von dem Weg- und Fortgehen, das uns umbringt, wenn wir den Augenblick des Weg- und Fortgehens übersehen. Ich habe das Glück gehabt und bin im richtigen Augenblick weggegangen, sagte ich mir. Und letztenendes auch aus Wien weggegangen, weil auch Wien mich zu erdrücken und zu ersticken drohte. Immerhin verdanke ich einem väterlichen Bankkonto, daß ich noch am Leben bin, noch existieren *darf*, wie ich mir aufeinmal sagte. Keine lebenspendende Gegend, sagte ich mir. Keine beruhigende Landschaft. Keine angenehmen Menschen. Mir auflauernde, dachte ich. Mich ängstigende. Mich hinters Licht führende. Nie habe ich mich sicher gefühlt in dieser Gegend, dachte ich. Andauernd von Krankheiten heimgesucht, von Schlaflosigkeit schließlich beinahe umgebracht. Wie die Männer aus Altmünster gekommen sind und den Steinway abgeholt haben, Aufatmen, dachte ich, plötzlich befreites Hinundhergehen in Desselbrunn. Die Kunst und was immer diese Bezeichnung ist, ja nicht aufgegeben, indem ich den Steinway an das Lehrerkind in Altmünster verschenkt habe, dachte ich. Den Steinway der Lehrerniedertracht ausgeliefert, dem Lehrerkindstumpfsinn ausgeliefert, dachte ich. Wenn ich dem Lehrer gesagt hätte, was mein Steinway wirklich wert war, er wäre erschrocken, dachte ich, so hatte er keine Ahnung von dem Wert des Instruments. Schon wie ich den Steinway von Wien nach Desselbrunn transportieren hatte lassen, wußte ich, daß er nicht lang in Desselbrunn stehen wird, aber ich hatte naturgemäß keine Ahnung, daß ich ihn an das Lehrerkind verschenken werde, dachte ich. Solange ich den Steinway gehabt habe, war ich in meinen Schriften nicht selbständig, dachte ich, nicht frei wie von dem Augenblick an, in welchem der Steinway endgültig aus dem Haus gewesen ist. Ich mußte mich vom Steinway trennen, um schreiben zu können, ich habe, ehrlich gesagt, vierzehn Jahre geschrieben und tatsächlich nur deshalb immer nur mehr oder weniger Unbrauchbares geschrieben, weil ich mich von meinem Steinway nicht getrennt hatte. Kaum war der Steinway aus dem Haus, hatte ich besser geschrieben, dachte ich. In der Calle del Prado habe ich doch immer daran gedacht, daß der Steinway in Wien (oder in Desselbrunn) steht und ich dadurch nichts Besseres schreiben kann als diese letztenendes in jedem Fall immer mißlungenen Versuche. Kaum hatte ich den Steinway abgestoßen gehabt, schrieb ich anders, vom ersten Moment an, dachte ich. Aber das heißt ja nicht, daß ich mit dem Steinway die Musik aufgegeben hätte, dachte ich. Im Gegenteil. Aber sie hatte nicht mehr die verheerende Gewalt über mich, tat mir ganz einfach nicht mehr weh, dachte ich. Wenn wir in diese Landschaft hineinschauen, bekommen wir Angst. Wir wollen unter keinen Umständen mehr in diese Landschaft zurück. Alles ist immer nur grau und die Menschen machen andauernd einen deprimierenden Eindruck. Dann würde ich mich doch wieder nur in meinem Zimmer verkriechen und auf keinen nützlichen Gedanken kommen, dachte ich. Und werden, wie sie hier alle sind, ich brauche ja nur die Wirtin anschauen, diesen vollkommen von der Natur, die hier alles beherrscht, zerstörten Menschen, der aus seiner Gemeinheit und Niederträchtigkeit nicht mehr herauskommt, dachte ich. In dieser bösartigen Landschaft wäre ich eingegangen. Aber ich hätte ja niemals nach Desselbrunn gehen müssen, dachte ich, das Erbe ja nicht annehmen müssen, darauf verzichten hätte ich können, *stehengelassen habe ich es ja*, dachte ich. Ursprünglich war Desselbrunn von einem meiner Großonkel, der Direktor der Papierfabrik gewesen ist, gebaut worden, als ein herrschaftliches Haus mit vielen Zimmern für die vielen Kinder, die er gehabt hat. Es einfach stehenlassen, das war meine Rettung, sicher. Mit den Eltern zuerst immer nur im Sommer nach Desselbrunn, dann jahrelang in Desselbrunn und in Wankham zur Schule gegangen, dachte ich, dann in das Gymnasium in Salzburg, dann auf das Mozarteum, einmal auch auf ein Jahr die Wiener Akademie, dachte ich, wieder ans Mozarteum, dann nach Wien zurück und schließlich in der Idee, mich für immer dahin zurückzuziehen mit meinen Geistesambitionen, nach Desselbrunn, wo ich sehr bald scheiterte in dem Gefühl, in die Sackgasse gegangen zu sein. Die Klaviervirtuosenlaufbahn als Ausflucht, aber doch bis zur äußersten Perfektion getrieben, dachte ich. Auf dem Höhepunkt des Könnens, wie ich sagen kann, alles aufgegeben, *hingeschmissen*, wie ich sagen *muß*, mir auf den Kopf geschlagen, den Steinway verschenkt. Wenn es hier sechs oder sieben Wochen ununterbrochen regnet und sie in diesem ununterbrochenen Regen wahnsinnig werden, dachte ich, erfordert das die äußerste Willenskraft, sich nicht umzubringen. Aber die Hälfte aller dieser Leute hier bringt sich um, früher oder später, geht nicht von selbst zugrunde, wie gesagt wird. Hat nichts anderes als ihren Katholizismus oder die sozialistische Partei, beides die widerlichsten Einrichtungen unserer Zeit. In Madrid gehe ich wenigstens einmal am Tag aus dem Haus, um zu essen, dachte ich, hier wäre ich nie aus dem Haus gegangen in meinem fortschreitenden rettungslosen Verwahrlosungsprozeß. Aber ernsthaft an Verkauf habe ich auch nie gedacht, damit spekuliert, wie die letzten beiden Jahre, schon, aber naturgemäß ergebnislos. Dabei habe ich niemals irgendeinem dafür zuständigen Menschen versprochen, Desselbrunn *nicht* zu verkaufen, dachte ich. Ohne Realitätenvermittler ist kein Verkauf möglich und vor den Realitätenvermittlern graust es mich, dachte ich. Wir können ein Haus wie Desselbrunn ohne weiteres jahrelang stehenlassen, dachte ich, verkommen lassen, dachte ich, warum nicht. Ich gehe auf keinen Fall nach Desselbrunn, dachte ich. Die Wirtin hatte mir den Tee gekocht und ich ging in das Gastzimmer hinunter. Ich setzte mich an den Fenstertisch, an dem ich auch in den früheren Jahren gesessen bin, aber ich hatte nicht den Eindruck, daß die Zeit stehengeblieben sei. Ich hörte die Wirtin in der Küche arbeiten und ich dachte, daß sie wahrscheinlich für ihr gegen eins oder zwei von der Schule heimkommendes Kind ein Essen macht, ein Gulasch aufwärmt oder doch eine Gemüsesuppe. In der Theorie verstehen wir die Menschen, aber in der Praxis halten wir sie nicht aus, dachte ich, gehen mit ihnen meistens nur widerwillig um und behandeln sie immer von uns aus gesehen. Wir sollten die Menschen aber nicht von uns aus gesehen, sondern von allen Blickwinkeln aus gesehen betrachten und behandeln, dachte ich, mit ihnen auf solche Weise verkehren, daß wir sagen können, wir verkehrten mit ihnen sozusagen vollkommen auf unvoreingenommene Weise, was aber nicht gelingt, weil wir tatsächlich immer jedem gegenüber voreingenommen sind. Die Wirtin war einmal lungenkrank wie ich, dachte ich, diese Lungenkrankheit hat sie, wie ich, aus sich hinausdrängen, liquidieren können, mit ihrer Lebenswillenskraft. Mit Ach und Krach, wie gesagt wird, hat sie die Volksschule abschließen können, dachte ich, und dann von ihrem Onkel, der in einen bis heute nicht zur Gänze aufgeklärten Mordfall verwickelt gewesen und zu zwanzig Jahren Kerker verurteilt worden ist, ein Gasthaus übernommen. Gemeinsam mit einem Nachbarn soll ihr Onkel einen im Gasthaus abgestiegenen Wiener Vertreter für sogenannte *Kurzwaren* in dem Zimmer neben meinem Zimmer erdrosselt haben, um an die horrende Summe zu kommen, die der Wiener Handelsvertreter bei sich gehabt haben soll. Die *Dichtelmühle*, wie das Gasthaus heißt, ist seit diesem Mordfall sozusagen berüchtigt berühmt. Zuerst und also bei Bekanntwerden des Mordfalles, ist es mit der Dichtelmühle bergab gegangen und sie war über zwei Jahre lang zugesperrt gewesen. Das Gericht hat der Nichte des Mörders, ihres Onkels also, dann die Dichtelmühle zugesprochen, dachte ich, die Dichtelmühle ist wieder aufgesperrt und von der Nichte geführt worden, aber sie ist dann nach ihrer Wiedereröffnung naturgemäß nicht mehr dieselbe Dichtelmühle gewesen, wie vor dem Mord. Vom Onkel der Wirtin hat man niemehr etwas gehört, dachte ich, wahrscheinlich aber ist er, wie alle Mörder und zu zwanzig Jahren Verurteilten, doch schon nach zwölf oder dreizehn Jahren freigelassen worden, möglicherweise lebt er auch gar nicht mehr, dachte ich, ich hatte aber nicht die Absicht, mich bei der Wirtin nach ihrem Onkel zu erkundigen, denn ich hatte keine Lust die ganze Mordgeschichte, die sie mir schon mehrere Male und zwar auf meine Aufforderung, erzählt hat, nocheinmal zu hören. Der Mord an dem Wiener Handelsvertreter hatte damals großes Aufsehen gemacht und während des Prozesses waren die Zeitungen täglich voll davon und die Dichtelmühle, längst zugesperrt, war wochenlang von Neugierigen belagert, obwohl es bei der Dichtelmühle nichts Bemerkenswertes zu sehen gegeben hat. Die Dichtelmühle wird seit dem Mordfall nurmehr noch als *Mordhaus* bezeichnet und wenn die Leute sagen wollen, sie gehen *zur Dichtelmühle*, sagen sie auch, sie gehen *zum Mordhaus*, das hat sich eingebürgert. Es handelte sich bei dem Prozeß um einen Indizienprozeß, dachte ich, und tatsächlich nachgewiesen hat man den Mord weder dem Onkel der Wirtin, noch seinem Helfershelfer, dessen Familie ja auch durch die ganze Mordgeschichte ins Unglück gestürzt worden ist, wie gesagt wird. Dem sogenannten Wegmacher habe selbst das Gericht nicht zugetraut, einen solchen gemeinen Mord zu begehen in Gemeinschaft mit dem Onkel der Wirtin, der immer und überall als *leutselig und bescheiden und durch und durch charakterfest* bezeichnet worden war und noch heute als ein solcher leutseliger und bescheidener und charakterfester bezeichnet wird von denjenigen, die ihn gekannt haben, aber die Geschworenen hatten die Höchststrafe, nicht nur was den Onkel der Wirtin betrifft, ausgesprochen gehabt, sondern auch über den ehemaligen Wegmacher, der, wie ich weiß, in der Zwischenzeit gestorben ist, wie seine Frau immer wieder gesagt hat, aus Verzweiflung darüber, tatsächlich unschuldig und Opfer menschenhassender Geschworener geworden zu sein. Die Gerichte gehen, auch wenn sie unschuldige Leute und ihre Familien für ihr Leben vernichtet haben, zur Tagesordnung über, dachte ich, die Geschworenen, die nur immer einer augenblicklichen Laune gefolgt sind in ihrem Urteil, immer aber auch einem hemmungslosen Haß gegen ihresgleichen, werden, auch wenn sie längst eingesehen haben, tatsächlich ein nicht wiedergutzumachendes Verbrechen an unschuldigen Menschen begangen zu haben, sehr rasch mit einem solchen Fehlurteil und mit sich selbst fertig. Die Hälfte aller Geschworenenurteile, habe ich mir sagen lassen, beruht tatsächlich auf einem Fehlurteil, dachte ich, und ich bin mir sicher, daß es sich bei dem sogenannten *Dichtelmühlprozeß* hundertprozentig um einen solchen gehandelt hat, der mit einem Fehlurteil der Geschworenen geendet hat. Die sogenannten österreichischen

Kreisgerichte sind dafür bekannt, daß in ihnen jährlich Dutzende von Fehlurteilen von Geschworenen gefällt werden und daß sie also Dutzende Unschuldige auf dem Gewissen haben, die in unseren Strafanstalten eine zumeist lebenslängliche Strafe absitzen, ohne Aussicht zu haben, jemals wieder *rehabilitiert* zu werden, wie gesagt wird. Überhaupt, dachte ich, sitzen in unseren Gefängnissen und Strafanstalten mehr Unschuldige als Schuldige, weil es soviele gewissenlose Richter und menschen- und also ihresgleichen hassende Geschworene gibt, die sich für ihr eigenes Unglück und für ihre eigene Scheußlichkeit an jenen rächen, die durch jene grauenhaften Umstände, die sie vor Gericht geführt haben, ihnen ausgeliefert sind. Die österreichische Gerichtsbarkeit ist eine teuflische, dachte ich, wie wir, wenn wir die Zeitungen aufmerksam lesen, immer wieder feststellen müssen, sie ist aber sicher noch viel teuflischer, wenn wir wissen, daß nur der geringste Teil ihrer Verbrechen ans Tageslicht kommt und veröffentlicht wird. Ich selbst bin überzeugt, daß der Onkel der Wirtin nicht jener Mörder oder besser Mordgehilfe ist, als den man ihn vor dreizehn oder vierzehn Jahren abgestempelt hat, dachte ich. Auch den Wegmacher schätzte ich als einen tatsächlich Unschuldigen ein, ich erinnere mich ja noch ganz genau an die Prozeßberichte und im Grunde hätten die beiden, der Onkel der Wirtin, der sogenannte Dichtelwirt, wie sein Nachbar, der Wegmacher, unbedingt freigesprochen werden müssen, dafür hatte ja auch schließlich sogar der Staatsanwalt plädiert, die Geschworenen hatten aber auf gemeinschaftlichen und gemeinen Mord abgestimmt und den Dichtelwirt und den Wegmacher in der Strafanstalt Garsten verschwinden lassen, dachte ich. Und wenn niemand den Mut und die Kraft und das Geld hat, einen solchen fürchterlichen Prozeß wieder aufzurollen, wie gesagt wird,

 bleibt ein solches Fehlurteil wie im Fall des Dichtelwirts und des Wegmachers ganz einfach bestehen, ein solches fürchterliches Unrecht an zwei tatsächlich Unschuldigen, mit welchen man und das heißt die Gesellschaft, schließlich auf alle Zeit nichts mehr zu tun haben will, ob schuldig oder unschuldig, spielt keine Rolle. Der Dichtelmühlprozeß, wie er immer genannt worden ist, war mir eingefallen und hatte mich dann auch die ganze Zeit, die ich am Fenstertisch gesessen war, beschäftigt, weil ich die Fotografie entdeckt hatte, die, an der gegenüberliegenden Wand befestigt, den Dichtelwirt darstellte in seinem Wirtsgewand, pfeiferauchend und ich dachte, daß die Wirtin die Fotografie wahrscheinlich nicht nur aus Dankbarkeit dafür, daß sie ihrem Onkel die Dichtelmühle und also ihre Existenz verdankte dort an die Wand genagelt hat, sondern auch zu dem Zweck, den Dichtelmüller oder besser Dichtelwirt nicht gänzlich in Vergessenheit geraten zu lassen. Aber die meisten, die sich wirklich und eindringlich mit dem Dichtelmühlprozeß beschäftigt gehabt hatten, sind längst gestorben, dachte ich, und die Heutigen können mit der Fotografie nichts mehr anfangen. In der Dichtelmühle ist aber zweifellos dieser gewisse Geruch eines Kapitalverbrechens geblieben, dachte ich, der naturgemäß Leute anzieht. Wir sehen es nicht ungern, wenn Leute in Verdacht kommen und angeklagt und eingesperrt werden, dachte ich, das ist die Wahrheit. Wenn Verbrechen ans Licht kommen, dachte ich im Anblick der Fotografie mir gegenüber. Ich werde, wenn sie wieder aus der Küche herauskommt, die Wirtin fragen, was mit ihrem Onkel geschehen ist, dachte ich und ich sagte mir einmal, ich werde sie danach fragen, einmal, ich werde sie nicht danach fragen, ich frage, sie, ich frage sie nicht, so betrachtete ich die ganze Zeit die Fotografie mit dem Dichtelwirt und dachte, ich werde die Wirtin nach ihm ausfragen, ich werde sie nicht nach ihm ausfragen etcetera. Plötzlich wird ein sogenannter einfacher Mensch, der ja niemals ein einfacher Mensch ist, aus seiner Umgebung herausgerissen, tatsächlich über Nacht und in die Strafanstalt gesteckt, dachte ich, aus der er, wenn überhaupt, nurmehr noch als vollkommen zerstörter Mensch herauskommt, als ein Justizwrack, wie ich mir sagen mußte, an welchem schließlich die ganze Gesellschaft schuld ist. In den Zeitungen ist ja schon gleich nach Abschluß des Prozesses die Frage aufgeworfen worden, ob der Dichtelwirt wie der Wegmacher nicht tatsächlich unschuldig seien und es waren auch diesbezügliche Kommentare abgedruckt, aber schon zwei, drei Tage nach Prozeßende war von dem Dichtelmühlprozeß keine Rede mehr gewesen. Aus diesen Kommentaren war herauszulesen gewesen, daß die beiden als Mörder Abgestempelten und Verurteilten den Mord gar nicht begangen haben *konnten*, eine dritte Person muß, oder mehrere dritte Personen müssen den Mord begangen haben, aber die Geschworenen hatten ja ihr Urteil schon gesprochen gehabt und der Prozeß ist nicht mehr aufgerollt worden, dachte ich, tatsächlich hat mich in meinem Leben nur wenig mit einer größeren Leidenschaft beschäftigt, wie die strafrechtliche Seite unserer Welt. Wenn wir diese strafrechtliche Seite unserer Welt und das heißt unserer Gesellschaft verfolgen, erleben wir, wie gesagt wird, jeden Tag unsere Wunder. Als sich die Wirtin mehr oder weniger erschöpft, aus der Küche herausgekommen, an meinen Tisch setzte, sie hatte Wäsche gewaschen und war eine zeitlang vom Küchendunst verunstaltet, fragte ich sie doch, was aus ihrem Onkel, dem Dichtelwirt, geworden sei, die Frage aber nicht auf die plumpe, sondern doch auf die äußerst vorsichtige Weise stellend. Ihr Onkel sei zu seinem Bruder nach Hirschbach gegangen, sagte sie, Hirschbach sei ein kleiner Ort an der tschechischen Grenze, sie selbst sei nur einmal dort gewesen, das liege aber schon Jahre zurück, damals sei ihr Sohn erst drei Jahre alt gewesen. Sie hätte sich vorgenommen gehabt, dem Onkel ihren Sohn zu zeigen in der Hoffnung, daß er, von dem sie angenommen habe, daß er noch viel davon besitze, ihr in ihrer Not aushelfe, ihr also Geld gebe, nur zu diesem Zweck hätte sie mit ihrem Sohn die Strapazen einer solchen Fahrt nach Hirschbach an die tschechische Grenze unternommen, ein halbes Jahr nach dem Tod ihres Mannes, des Vaters ihres Sohnes, der sich gegen alle widrigen Umstände so gut entwickelt gehabt habe. Aber ihr Onkel habe sie gar nicht empfangen, habe sich von seinem Bruder verleugnen lassen und überhaupt nicht gezeigt solange, bis sie es aufgegeben hatte, mit ihrem Sohn auf ihn zu warten, und sie nach Wankham zurückgefahren seien, ergebnislos. Wie ein Mensch so hartherzig sein könne, sagte sie, andererseits aber auch, daß sie ihren Onkel verstehe. Der wollte von der Dichtelmühle und von Wankham nichts mehr wissen, sagte sie. Die in der Strafanstalt gewesen sind, gleich wie lange, gehen, wenn sie entlassen worden sind, nicht mehr dahin zurück, wo sie hergekommen sind, sagte ich. Die Wirtin hatte sich von ihrem Onkel oder wenigstens von ihrem zweiten, dem sogenannten Hirschbacher Onkel, Hilfe für ihr Fortkommen erhofft, diese Hilfe aber nicht erhalten genau von jenen zwei Menschen also, die ihre letzten Verwandten waren und noch heute sind und von welchen sie wußte, daß sie, obwohl in ärmlichen Verhältnissen lebend wie in Hirschbach selbstverständlich, noch über ein größeres Vermögen verfügte, die Wirtin hat auch eine Andeutung gemacht, wie hoch sie das Vermögen ihrer beiden Onkel einschätzte, wenn auch keine genaue Summe genannt, eine rührend geringe Summe, dachte ich, die ihr, der Wirtin, aber doch so hoch vorgekommen sein mußte, daß sie sich daraus eine für sie entscheidende Hilfe versprochen hat, dachte ich. Die Alten, auch wenn sie gar nichts mehr brauchen, sind geizig, je älter sie werden, desto geiziger werden sie, lassen nicht das geringste aus und ihre Nachkommen könnten unter ihren Augen verhungern, es genierte sie nicht im geringsten. Die Wirtin hat dann ihre Hirschbacher Reise beschrieben, wie umständlich es ist, von Wankham nach Hirschbach zu kommen, daß sie dreimal umsteigen hatte müssen mit ihrem kranken Kind und daß ihr Hirschbacher Besuch ihr nicht nur kein Geld, sondern eine Halsentzündung eingetragen habe, eine schwere monatelange Halsentzündung, so sie. Nach ihrem Besuch in Hirschbach hatte sie gedacht, sie werde die Fotografie mit dem Onkel von der Wand herunternehmen, aber sie habe sie dann doch nicht von der Wand entfernt wegen der Gäste, die dann sicher gefragt hätten, warum sie die Fotografie von der Wand heruntergenommen habe, sie hatte keine Lust, die ganze Geschichte immer wieder allen Leuten klar zu machen, sagte sie. Dann hätten sie plötzlich wieder alles über den Prozeß wissen wollen, sagte sie, darauf hätte sie sich nicht eingelassen. Aber Tatsache sei, daß sie ihren auf der Fotografie abgebildeten Onkel *vor* der Hirschbachreise geliebt habe, während sie ihn *nach* der Rückkehr aus Hirschbach nurmehr noch hassen könne. Sie habe ihrem Onkel das größte Verständnis entgegengebracht, sagte sie, er ihr nicht das geringste. Schließlich habe *sie* die Dichtelmühle wieder als Gasthaus weitergeführt, sagte sie, unter den widrigsten Umständen und das Haus nicht verkommen lassen, auch nicht verkauft, wozu sie ja Gelegenheit genug gehabt hätte. Ihr Mann habe für den Gastbetrieb nichts übrig gehabt, meinte sie, sie habe ihn auf einer Faschingsveranstaltung in Regau kennengelernt, wohin sie gegangen sei, um ein paar von einem Gasthaus in Regau abgestoßene alte Sessel für ihr Gasthaus zu kaufen. Sie habe gleich gesehen, da sitze ein gutmütiger Mensch völlig allein, ohne Anschluß. Sie habe sich an seinen Tisch gesetzt und ihn nach Wankham mitgenommen, wo er dann gleich geblieben sei. Aber Wirt ist er nie einer gewesen, sagte sie. Hier müßten alle Ehefrauen, tatsächlich gebrauchte sie das Wort *Ehefrauen*, tatsächlich alle Ehefrauen immer damit rechnen, daß ihre Männer in die Papiermühle fallen oder daß ihnen von der Papiermühle wenigstens eine Hand oder mehrere Finger abgerissen werden, sagte sie, im Grunde ist es alltäglich, daß sie sich an den Papiermühlen verletzen, und es liefen ja auch nur solche Männer in der Gegend herum, die von den Papiermühlen verstümmelt worden sind. Neunzig Prozent aller Männer arbeiten hier in der Papierfabrik, sagte sie. Mit den Kindern hätten alle hier nichts anderes vor, als sie wieder in die Papierfabrik zu schicken sagte sie, seit Generationen derselbe Mechanismus, dachte ich. Und wenn die Papierfabrik eingeht, sagte sie, dann stehen sie alle da. Es sei nur eine Frage der allerkürzesten Zeit, daß die Papierfabrik zusperren wird, meinte sie, alles spreche dafür, da die Papierfabrik ein verstaatlichter Betrieb sei, werde er, weil, wie alle anderen verstaatlichten Betriebe, in Milliardenhöhe verschuldet, bald zusperren müssen. Hier ist alles auf die Papierfabrik aufgebaut und wenn sie zusperrt, ist alles aus. Sie selbst sei dann erledigt, denn ihre Gäste seien zu neunzig Prozent Papierarbeiter, sagte sie, die Papierarbeiter geben wenigstens Geld aus, meinte sie, die Holzknechte dagegen nichts, und die paar Bauern bekomme sie höchstens ein- oder zweimal im Jahr zu Gesicht, die mieden die Dichtelmühle auch seit den Prozeßtagen, gingen nicht mehr herein, ohne unangenehme Fragen zu stellen, so sie. Sie habe sich über diese ausweglose Zukunft schon lange keine Gedanken mehr gemacht, es sei ihr gleichgültig, was komme, schließlich sei ihr Sohn jetzt zwölf und mit vierzehn sind sie ja in dieser Gegend schon immer so weit gewesen, daß sie auf eigenen Beinen stehen konnten. Mich interessiert die Zukunft gar nicht, sagte sie. Der Herr Wertheimer, so sie, sei ihr immer *ein willkommener Gast* gewesen. Aber *solche feinen Herren* wissen gar nicht, was das heißt, so zu leben wie sie, ein solches Gasthaus wie die Dichtelmühle zu führen. Die (die feinen Herren!) redeten immer nur von ihr unverständlichen Zusammenhängen, hätten sich keinerlei Sorgen zu machen und verwendeten ihre ganze Zeit darauf, nachzudenken, was sie mit ihrem Geld und mit ihrer Zeit tun sollen. Sie selbst habe niemals genug Geld und niemals genug Zeit gehabt und sei nicht einmal nur unglücklich gewesen, im Gegensatz zu den von ihr apostrophierten *feinen Herren*, die immer genug Geld und genug Zeit hätten und andauernd von ihrem Unglück redeten. Es sei ihr völlig unverständlich, daß Wertheimer ihr gegenüber immer nur sagte, er sei ein unglücklicher Mensch. Oft sei er bis ein Uhr früh im Gastzimmer gesessen und habe sie angejammert und sie habe sich seiner *erbarmt*, wie sie sagte, und sei mit ihm in ihr Zimmer hinaufgegangen, weil er nicht mehr nach Traich gehen wollte in der Nacht. Daß solche Menschen wie der Herr Wertheimer, doch alle Möglichkeiten, glücklich zu sein, hätten und alle diese Möglichkeiten nicht und niemals ausnützten, sagte sie. Ein so herrschaftliches Haus und soviel Unglück in einem Menschen, sagte sie. Im Grunde sei ihr der Selbstmord Wertheimers keine Überraschung gewesen, aber das hätte er nicht tun dürfen, sich ausgerechnet in Zizers vor dem Haus seiner Schwester an einen Baum hängen, das verzeihe sie ihm nicht. Wie sie *Herr Wertheimer* sagte, war anrührend und widerwärtig zugleich. *Ich bin ihn ja einmal angegangen um Geld, aber der hat mir keins gegeben, sagte sie, ich hätte notwendig einen Kredit gebraucht für einen neuen Eiskasten. Da sind sie aber zugeknöpft die reichen Leute,* sagte sie, *wenns um Geld geht.* Und dabei habe Wertheimer die Millionen nur so zum Fenster hinausgeworfen. Auch mich schätze sie so wie Wertheimer ein, wohlhabend, ja reich und unmenschlich, denn sie sagte unvermittelt, daß alle Wohlhabenden und Reichen unmenschlich seien. Aber sei *sie* denn menschlich? hatte ich sie gefragt, worauf sie keine Antwort gab. Sie stand auf und ging den Bierführern entgegen, die mit ihrem großen Lastwagen vor dem Gasthaus stehengeblieben waren. Mich beschäftigte, was die Wirtin gesagt hatte, und ich stand aus diesem Grund nicht gleich auf, um nach Traich zu gehen, sondern blieb sitzen, um die Bierführer und vor allem die Wirtin zu beobachten, die mit den Bierführern zweifellos intimer war, als mit allen andern in ihrem Gasthaus Verkehrenden. Die Bierführer haben mich seit der frühesten Kindheit fasziniert, so auch an diesem Tag. Wie sie die Bierfässer abluden und durch das Vorhaus vor sich herrollten und dann der Wirtin auch noch das erste anschlugen, um sich dann mit ihr an den Nebentisch zu setzen, faszinierte mich. Als Kind hatte ich Bierführer werden und sein wollen, die Bierführer bewundert, dachte ich, mich an den Bierführern nicht satt sehen können. Diesem Kindheitsgefühl war ich am Nebentisch sitzend und die Bierführer beobachtend, gleich wieder verfallen gewesen, aber ich ließ mich nicht auf längere Zeit darauf ein, sondern stand auf und ging aus der Dichtelmühle hinaus nach Traich, nicht ohne der Wirtin gesagt zu haben, daß ich gegen Abend oder auch schon früher, *je nachdem*, wieder zurücksein werde und daß ich auf ein Nachtmahl Wert legte. Im Hinausgehen hörte ich noch, wie die Bierführer die Wirtin gefragt hatten, wer ich sei und da ich so gute Ohren habe wie kein Anderer, hörte ich sie nun auch noch meinen Namen flüstern und dazu sagen, daß ich ein Freund Wertheimers sei, von dem Narren, der sich in der Schweiz umgebracht habe. Im Grunde wäre es mir lieber gewesen, anstatt jetzt nach Traich zu gehen, im Gastzimmer zu sitzen und den Bierführern und der Wirtin zuzuhören, dachte ich im Weggehen, am liebsten am Tisch der Bierführer zu sitzen und mit ihnen ein Glas Bier zu trinken. Immer wieder haben wir die Vorstellung, wir sitzen mit jenen zusammen, zu denen wir uns lebenslänglich hingezogen fühlen, eben zu diesen sogenannten einfachen Leuten, die wir uns naturgemäß ganz anders vorstellen, als sie in Wahrheit sind, denn setzen wir uns tatsächlich mit ihnen zusammen, sehen wir, daß sie nicht so sind, wie wir gedacht haben und daß wir absolut nicht zu ihnen gehören, wie wir uns eingeredet haben und wir holen uns an ihrem Tisch und in ihrer Mitte immer nur das gefürchtete Vordenkopfstoßen, das wir folgerichtig empfinden, wenn wir uns an ihren Tisch gesetzt haben und geglaubt haben, wir gehörten zu ihnen oder wir könnten uns auch nur die kürzeste Zeit zu ihnen setzen ungestraft, was der größte Irrtum ist, dachte ich. Lebenslänglich haben wir Sehnsucht nach diesen Leuten und wollen zu ihnen und werden, wenn wir wahr machen, was wir ihnen gegenüber empfinden, von ihnen zurückgewiesen und zwar auf die rücksichtsloseste Weise. Wertheimer hat oft geschildert, wie er in seinem Bedürfnis, mit den sogenannten einfachen Leuten und also mit dem sogenannten Volk zusammenzusein, dazuzugehören, gescheitert ist und er hat sehr oft berichtet, daß er in die Dichtelmühle eingetreten ist zu dem Zwecke, sich an den Tisch des Volkes zu setzen, um schon gleich beim ersten Versuch in dieser Richtung einsehen zu müssen, daß es ein Irrtum ist, zu glauben, Leute wie er, Wertheimer, oder wie ich, könnten sich ganz einfach an den Tisch des Volkes setzen. Leute wie wir, haben sich schon frühzeitig vom Tisch des Volkes ausgeschlossen, sagte er, wie ich mich erinnere, sind eben schon an einen ganz anderen Tisch geboren worden, sagte er, nicht an den Tisch des Volkes. Aber es zieht Leute wie wir, naturgemäß immer wieder zum Tisch des Volkes hin, sagte er. Aber am Tisch des Volkes haben wir nichts zu suchen, so er, wie ich mich erinnerte. Eine Bierführerexistenz sein, dachte ich, und Tag für Tag Bierfässer auf- und abladen und durch die Wirtsvorhäuser Oberösterreichs rollen und mit allen diesen verkommenen Wirtinnen immer wieder zusammensitzen und jeden Tag totmüde ins Bett fallen, dreißig Jahre, vierzig Jahre lang. Ich atmete tief ein und ging so schnell als möglich nach Traich. Daß wir auf dem Land mit den in alle Zeit und in alle Zukunft unlösbaren Problemen der Welt auf die viel rücksichtslosere Weise konfrontiert sind als in der Stadt, in welcher wir uns ja, wenn wir wollen, vollkommen anonymisieren können, dachte ich, daß uns die Scheußlichkeiten und die Fürchterlichkeiten auf dem Land *direkt* ins Gesicht geschlagen werden und wir ihnen nicht auskommen und daß uns diese Scheußlichkeiten und Fürchterlichkeiten, wenn wir auf dem Land leben, mit Sicherheit in der kürzesten Zeit zugrunde richten, das hat sich nicht geändert, dachte ich, seit ich weg bin. Gehe ich nach Desselbrunn zurück, gehe ich unweigerlich ein, eine Rückkehr nach Desselbrunn kommt nicht mehr in Frage, auch nicht nach fünf, sechs Jahren, sagte ich mir, und je länger ich weg bin, desto notwendiger ist es, nicht mehr nach Desselbrunn zurückzukommen, in Madrid oder in einer anderen Großstadt bleiben, sagte ich mir, nur nicht auf dem Land und niemehr auf dem oberösterreichischen, dachte ich. Es war kalt und windig. Die absolute Verrücktheit, nach Traich zu gehen. In Attnang Puchheim ausgestiegen zu sein, nach Wankham gegangen zu sein, war mir zu Kopf gestiegen. In dieser Gegend hatte Wertheimer verrückt, ja am Ende wahnsinnig werden *müssen*, dachte ich und ich sagte mir, daß er immer genau *der Untergeher* gewesen ist, von welchem Glenn Gould immer gesprochen hat, ein typischer Sackgassenmensch ist Wertheimer gewesen, sagte ich mir, von der einen Sackgasse heraus ist er mit Sicherheit immer wieder in eine andere Sackgasse hineingegangen, denn Traich war ihm immer schon eine Sackgasse gewesen, wie es später Wien gewesen war, wie natürlich auch Salzburg, denn Salzburg war ihm nichts als eine einzige Sackgasse gewesen, das

Mozarteum nichts als eine Sackgasse, wie die Wiener Akademie, wie das ganze Klavierstudium eine Sackgasse, überhaupt haben solche Menschen immer nur die Wahl zwischen der einen Sackgasse und der andern, sagte ich mir, ohne jemals aus diesem Sackgassenmechanismus herauszukommen. *Der Untergeher ist schon als Untergeher geboren worden,* dachte ich, *er ist schon immer der Untergeher gewesen* und wenn wir genau sind in der Beobachtung unserer Umwelt, stellen wir fest, daß diese Umwelt fast nur aus solchen Untergehern zusammengesetzt ist, sagte ich mir, aus solchen Sackgassenmenschen wie Wertheimer, der von Glenn Gould schon im ersten Augenblick als solcher Sackgassenmensch und Untergeher durchschaut war und auch von Glenn Gould als erster als *Untergeher* bezeichnet worden ist auf diese rücksichtslose aber durch und durch offene kanadisch-amerikanische Weise, daß Glenn Gould völlig ungeniert ausgesprochen hat, was die Anderen *auch* dachten, aber niemals ausgesprochen haben, weil ihnen diese rücksichtslose und offene, aber doch heilsame amerikanisch-kanadische Art nicht eigen ist, sagte ich mir, daß sie alle zwar schon immer in Wertheimer den *Untergeher* gesehen, sich aber nicht getraut haben, ihn auch als *Untergeher* zu bezeichnen; aber vielleicht sind sie auch nur in ihrer Phantasielosigkeit nicht auf eine solche treffende Bezeichnung gekommen, dachte ich, die Glenn Gould erzeugt hat in dem ersten Augenblick, in welchem er Wertheimer gesehen hat, scharfsichtig, muß ich sagen, ohne ihn zuerst längere Zeit beobachtet zu haben, ist er gleich auf den *Untergeher* gekommen, nicht wie ich erst nach längerer Beobachtung und nach jahrelangem Zusammensein mit ihm, auf den Begriff des Sackgassenmenschen. Wir haben es immer wieder mit solchen Untergehern und mit solchen Sackgassenmenschen zu tun, sagte ich mir und ging rasch gegen den Wind. Wir haben die größte

 Mühe, uns vor diesen Untergehern und diesen Sackgassenmenschen zu retten, denn diese Untergeher und diese Sackgassenmenschen setzen alles daran, ihre Umwelt zu tyrannisieren, ihre Mitmenschen abzutöten, sagte ich mir. So schwach sie sind und gerade weil sie so schwach konstruiert und gemacht sind, haben sie die Kraft, auf ihre Umwelt eine verheerende Wirkung auszuüben, dachte ich. Sie gehen rücksichtsloser gegen ihre Umwelt und gegen ihre Mitmenschen vor, sagte ich mir, als wir uns das zuerst vorstellen können und wenn wir auf ihren Antrieb gekommen sind, auf ihren ureigenen Untergeher- und Sackgassenmenschenmechanismus, ist es meistens schon zu spät, ihnen zu entkommen, sie ziehen einen, wo sie nur können, mit aller Gewalt hinunter, sagte ich mir, ihnen ist jedes Opfer recht, und handelt es sich um die eigene Schwester, dachte ich. Aus ihrem Unglück, aus ihrem Untergehermechanismus schlagen sie ihr größtes Kapital, sagte ich mir, auf Traich zugehend, wenn ihnen dieses Kapital aber auch letztenendes soviel wie nichts nützt selbstverständlich. Wertheimer ist immer unter falschen Voraussetzungen an sein Leben herangegangen, sagte ich mir, zum Unterschied von Glenn, der immer unter den richtigen Voraussetzungen an seine Existenz herangegangen ist. Wertheimer hat Glenn Gould selbst den Tod geneidet, sagte ich mir, hat selbst den Tod Glenn Goulds nicht ertragen können und sich kurze Zeit darauf umgebracht und in Wahrheit war das auslösende Moment für seinen Selbstmord nicht der Weggang der Schwester in die Schweiz gewesen, sondern die Unerträglichkeit, daß Glenn Gould auf dem Höhepunkt seiner Kunst, wie ich sagen muß, vom Schlag getroffen worden ist. Zuerst hat Wertheimer nicht ertragen, daß Glenn Gould besser Klavier gespielt hat, als er, daß er plötzlich das Genie Glenn Gould gewesen ist, dachte ich, noch dazu weltberühmt und dann auch noch, daß er auf dem Höhepunkt seines Genies und seiner Weltberühmtheit vom Schlag getroffen worden ist, dachte ich. Dagegen gab es für Wertheimer nur den eigenen Tod, den eigenhändigen Tod, dachte ich. In einem Anfall von Größenwahn hat er sich in den Zug nach Chur gesetzt, sagte ich mir jetzt, und ist nach Zizers und hat sich vor dem Haus der Duttweiler aufgehängt, schamlos. Was hätte ich denn mit den Duttweiler zu reden gehabt? fragte ich mich und antwortete mir auch gleich mit einem tatsächlich laut ausgesprochenen: *nichts.* Hätte ich der Schwester sagen sollen, was ich in Wirklichkeit über Wertheimer, ihren Bruder, dachte und denke? dachte ich. Es wäre die größte Unsinnigkeit gewesen, sagte ich mir. Die Duttweiler hätte ich mit meiner Rederei nur belästigt und mich hätte es nicht weiter gebracht. Aber ich hätte die Einladung der beiden Duttweiler zum Essen in höflicherem Ton ablehnen sollen, dachte ich jetzt, ich habe ihre Einladung tatsächlich nicht nur in einem unhöflichen, sondern in einem unstatthaften Ton abgelehnt, schroff, sie vor den Kopf gestoßen, was mir jetzt nicht recht sein konnte. Wir handeln ungerecht, stoßen die Leute vor den Kopf, nur um uns im Augenblick einer größeren Anstrengung zu entziehen, einer unangenehmen Konfrontation, dachte ich, denn die Konfrontation mit den Duttweilern nach dem Begräbnis Wertheimers wäre ja sicher alles, nur nicht angenehm gewesen, alles hätte ich wieder zum Vorschein gebracht, das besser nicht mehr zum Vorschein gebracht wird, alles Wertheimer Betreffende und mit der mir schon immer zum Verhängnis gewordenen Ungerechtigkeit und Ungenauigkeit, mit einem Wort Subjektivität, die ich selbst immer gehaßt habe, vor welcher ich aber niemals sicher gewesen bin. Und die Duttweiler hätten auf ihre Weise Wertheimersche Zusammenhänge hergestellt, die ein ebenso falsches und ungerechtes Bild Wertheimers ergeben hätten, sagte ich mir. Wir schildern und beurteilen Menschen immer nur falsch, wir beurteilen sie ungerecht und schildern sie niederträchtig, sagte ich mir, in jedem Fall, gleich, wie wir sie schildern, gleich wie wir sie beurteilen. Ein solches Mittagessen in Chur mit den Duttweiler hätte nichts als nur Mißverständnisse gebracht und beide Seiten letztenendes zur Verzweiflung, dachte ich. So ist es ganz gut, daß ich ihre Einladung abgelehnt habe und gleich nach Österreich zurückgefahren bin, dachte ich, wenn ich auch nicht in Attnang Puchheim aussteigen hätte sollen, ich hätte sofort nach Wien zurückfahren sollen, in meine Wohnung gehen, einmal übernachten und nach Madrid, dachte ich. Die sentimentalistische Komponente dieser Fahrtunterbrechung in Attnang Puchheim für diese widerliche, aber notwendige Übernachtung in Wankham, um das von Wertheimer hinterlassene Traich aufzusuchen, verzieh ich mir nicht. Wenigstens hätte ich die Duttweiler fragen können, wer jetzt in Traich sei, denn ich hatte ja noch auf dem Weg nach Traich nicht die geringste Vorstellung davon, wer jetzt in Traich sein könnte, denn auf die Auskunft der Wirtin durfte ich mich nicht verlassen, die redet immer viel, dachte ich, und wie alle Wirtinnen, Unsinn, Unzutreffendes. Und es kann ja sogar sein, daß die Duttweiler selbst schon in Traich ist, dachte ich, das wäre das Selbstverständlichste, daß sie nämlich nicht wie ich am Abend, möglicherweise schon am Nachmittag oder gar schon zu Mittag von Chur nach Traich abgereist ist. Wer sonst sollte jetzt Traich in die Hand nehmen? dachte ich, wenn nicht die Schwester, die ja jetzt, da Wertheimer tot und in Chur begraben ist, von ihm nichts mehr zu fürchten hat. Ihr Quälgeist ist tot, dachte ich, ihr Zerstörer hat ausgelebt, ist nicht mehr da, wird niemehr, was sie betrifft, etwas zu reden haben. Wie immer, übertrieb ich auch jetzt und es war mir vor mir selbst peinlich, Wertheimer aufeinmal als den Quälgeist und den Zerstörer seiner Schwester bezeichnet zu haben, so, dachte ich, gehe ich immer gegen Andere vor, ungerecht, ja verbrecherisch. An dieser Ungerechtigkeitseigenschaft

habe ich immer gelitten, dachte ich. Der Herr Duttweiler, der mir bei der ersten Begegnung so widerwärtig gewesen war und der möglicherweise gar nicht so widerwärtig ist, wie ich jetzt dachte, hat sicher an Traich kein Interesse, überhaupt nicht das geringste Interesse an den Wertheimerschen Interessen sagte ich mir, er schaut ganz so aus, als interessierte ihn das, was von Wertheimer in Traich und in Wien hinterlassen worden ist, überhaupt nicht, dachte ich, wenn, so hat der Herr Duttweiler nur an dem von Wertheimer zurückgelassenen Geld Interesse, an der sonstigen Wertheimerschen Hinterlassenschaft so gut wie gar keines, aber die Schwester müßte daran das größte haben, denn ich kann mir nicht denken, dachte ich, daß sie sich so radikal und endgültig von ihrem Bruder getrennt hat, indem sie sich mit dem Duttweiler verheiratet hat, daß ihr der Nachlaß ihres Bruders gleichgültig ist ganz im Gegenteil, vermutete ich jetzt, daß sie sich gerade jetzt, von ihrem Bruder sozusagen durch dessen demonstrativen Selbstmord, in Freiheit entlassen, sich für alles Wertheimersche aufeinmal mit der Intensität interessiert, mit welcher sie sich bis jetzt nicht interessiert hat und daß sie jetzt vielleicht sogar für den sogenannten *geisteswissenschaftlichen Nachlaß* ihres Bruders Interesse zeigt. Im Geiste, wie gesagt wird, sah ich sie jetzt schon in Traich über den Tausenden, wenn nicht Hunderttausenden von Zetteln ihres Bruders sitzen und sie studieren. Dann wieder dachte ich, daß Wertheimer nicht einen einzigen Zettel hinterlassen hat, was ihm mehr entspricht als ein sogenannter literarischer Nachlaß, von welchem er selbst nie etwas gehalten hat, wie ich jedenfalls von ihm immer gehört habe, wenn ich auch nicht sagen kann, daß er es damit ernst gemeint hat, dachte ich. Denn sehr oft sagen die Leute, die an Geistesprodukten arbeiten, sie halten davon nichts und halten davon im Gegenteil sehr viel, geben
 es nur nicht zu, weil sie sich einer solchen Unterstel-

lung, wie sie es nennen, schämen, machen ihre Arbeit herunter, um sich wenigstens öffentlich nicht schämen zu müssen, Wertheimer könnte mit einem solchen Täuschungsmanöver, seine sogenannte Geisteswissenschaft betreffend, gearbeitet haben, dachte ich, das paßte ganz zu ihm. Dann hätte ich tatsächlich Gelegenheit, in diese seine Geistesarbeit Einblick zu nehmen, dachte ich. Plötzlich war es so kalt geworden, daß ich mir den Rockkragen aufstellen mußte. Immer wieder fragen wir nach der Ursache und kommen nach und nach von einer Möglichkeit auf die andere, dachte ich, daß Glenns Tod die eigentliche Ursache für Wertheimers Tod ist, dachte ich immer wieder, nicht daß Wertheimers Schwester zu dem Duttweiler nach Zizers ist. Die Ursache sagen wir nicht nur, liegt immer viel tiefer und sie liegt in den Goldbergvariationen, die Glenn in Salzburg während des Horowitzkurses gespielt hat, *das Wohltemperierte Klavier ist die Ursache*, dachte ich, nicht die Tatsache, daß sich Wertheimers Schwester mit sechsundvierzig Jahren von ihrem Bruder getrennt hat. Wertheimers Schwester ist tatsächlich unschuldig an Wertheimers Tod, dachte ich, Wertheimer hat, dachte ich, die Schuld an seinem Selbstmord auf seine Schwester abschieben wollen, um von der Tatsache abzulenken, daß nichts anderes als die von Glenn interpretierten *Goldbergvariationen*, wie auch sein *Wohltemperiertes Klavier* an seinem Selbstmord schuld seien, wie überhaupt an seiner Lebenskatastrophe. Aber der Anfang von Wertheimers Katastrophe war ja schon in dem Augenblick eingetreten, in welchem Glenn Gould zu Wertheimer gesagt hat, er sei *der Untergeher*, das, was Wertheimer schon immer gewußt hatte, war von Glenn urplötzlich und ohne Voreingenommenheit, wie ich sagen muß, auf seine kanadisch-amerikanische Art ausgesprochen worden, Glenn hat Wertheimer *mit seinem Untergeher* tödlich getroffen, dachte ich, nicht weil Wertheimer diesen Begriff dabei zum erstenmal gehört hat, sondern weil Wertheimer, ohne *dieses Wort Untergeher zu kennen, mit dem Begriff Untergeher* längst vertraut gewesen war, Glenn Gould aber *in einem entscheidenden Augenblick das Wort Untergeher ausgesprochen hat,* dachte ich. Wir sagen ein Wort und vernichten einen Menschen, ohne daß dieser von uns vernichtete Mensch in dem Augenblick, in welchem wir das ihn vernichtende Wort aussprechen, von dieser tödlichen Tatsache Kenntnis hat, dachte ich. Noch ahnt ein solcher mit einem solchen tödlichen Wort als tödlicher Begriff Konfrontierter von der tödlichen Wirkung dieses Wortes und seines Begriffs nichts, dachte ich. Glenn hat noch bevor der Horowitzkurs überhaupt angefangen hatte, zu Wertheimer das Wort *Untergeher* gesagt, dachte ich, ich könnte sogar die genaue Stunde bestimmen, in welcher Glenn zu Wertheimer das Wort *Untergeher* gesagt hat. Wir sagen ein tödliches Wort zu einem Menschen und sind uns naturgemäß nicht im Augenblick bewußt, daß wir tatsächlich ein tödliches Wort zu ihm gesagt haben, dachte ich. Achtundzwanzig Jahre, nachdem Glenn im Mozarteum zu Wertheimer gesagt hat, er sei ein *Untergeher* und zwölf Jahre, nachdem er es zu ihm in Amerika gesagt hat, hat sich Wertheimer umgebracht. Selbstmörder sind lächerlich, hat Wertheimer oft gesagt, die sich aufhängen, sind die widerwärtigsten, hat er auch gesagt, dachte ich, auffällig ist natürlich jetzt, daß er sehr oft über Selbstmord gesprochen, sich dabei aber immer über die Selbstmörder mehr oder weniger, wie ich sagen muß, lustig gemacht hat, immer so über den Selbstmord und die Selbstmörder geredet hat, als ginge ihn weder der eine Begriff noch der andere etwas an, daß der eine wie der andere für ihn nicht in Frage komme. *Ich* sei ein Selbstmordmensch, hat er oft gesagt, erinnerte ich mich auf dem Weg nach Traich, *ich* sei der Gefährdete, nicht er. Und er hatte auch seiner Schwester den Selbstmord zugetraut, wahrscheinlich weil er ihre tatsächliche Lage am besten kannte, mit ihrer absoluten Ausweglosigkeit vertraut gewesen war, wie kein Anderer, weil er, wie er oft sagte, sein Geschöpf zu durchschauen glaubte. Aber seine Schwester ist doch, anstatt sich umzubringen, zu Duttweiler in die Schweiz, hat sich mit dem Herrn Duttweiler verheiratet, dachte ich. Wertheimer hat sich schließlich umgebracht auf diese von ihm immer als abstoßend und widerwärtig bezeichnete Weise und ausgerechnet in der Schweiz, seine Schwester also ist in die Schweiz gegangen, um den reichen Chemieduttweiler zu ehelichen, anstatt sich umzubringen, er selbst, um sich an einem Baum in Zizers aufzuhängen, dachte ich. Bei Horowitz hat er studieren wollen, dachte ich und ist von Glenn Gould vernichtet worden. Glenn ist in dem *für ihn idealen* Zeitpunkt gestorben, Wertheimer aber hat sich nicht zu dem für ihn idealen Zeitpunkt umgebracht, dachte ich. Wenn ich meine Beschreibung von Glenn Gould wirklich nocheinmal versuche, dachte ich, dann werde ich in dieser auch *seine* Beschreibung Wertheimers vorzunehmen haben und es ist fraglich, wer der Mittelpunkt dieser Beschreibung sein wird, Glenn Gould oder Wertheimer, dachte ich. Von Glenn Gould werde ich ausgehen, von den *Goldbergvariationen* und vom *Wohltemperierten Klavier*, aber Wertheimer wird in dieser Beschreibung eine entscheidende Rolle spielen, was mich betrifft, denn für mich war Glenn Gould immer mit Wertheimer verbunden gewesen, gleich in was für einer Beziehung und umgekehrt Wertheimer mit Glenn Gould und vielleicht alles in allem spielt doch Glenn Gould in Beziehung auf Wertheimer die größere Rolle, als umgekehrt. Tatsächlicher Ausgangspunkt muß der Horowitzkurs sein, dachte ich, das Bildhauerhaus in Leopoldskron, die Tatsache, daß wir völlig unabhängig voneinander aufeinander zugegangen sind vor achtundzwanzig Jahren lebensentscheidend, dachte ich. Wertheimers Bösendorfer gegen Glenn Goulds Steinway, dachte ich, *Glenn Goulds Goldbergva-*

riationen gegen Wertheimers Kunst der Fuge, dachte ich. Glenn Gould verdankt sicher Horowitz nicht sein Genie, dachte ich, aber Wertheimer darf ohne weiteres *Horowitz* für seine Zerstörung und Vernichtung verantwortlich machen, dachte ich, denn Wertheimer war, angezogen von dem Namen Horowitz nach Salzburg gegangen, ohne den Namen Horowitz wäre er niemals nach Salzburg gegangen, jedenfalls nicht in diesem für ihn verhängnisvollen Jahr. Während die *Goldbergvariationen* doch nur zu dem Zweck komponiert worden sind, die Schlaflosigkeit eines lebenslänglich an Schlaflosigkeit Leidenden erträglich zu machen, dachte ich, haben sie Wertheimer umgebracht. *Zur Gemüthsergetzung* waren sie ursprünglich komponiert worden und haben fast zweihundertfünfzig Jahre danach einen hoffnungslosen Menschen, eben Wertheimer, umgebracht, dachte ich auf dem Weg nach Traich. Wäre Wertheimer vor achtundzwanzig Jahren nicht am Zimmer dreiunddreißig im ersten Stock des Mozarteums vorbeigegangen, wie ich mich erinnere, genau um vier Uhr nachmittags, er hätte sich nicht achtundzwanzig Jahre später in Zizers bei Chur erhängt, dachte ich. Wertheimers Verhängnis war, gerade in dem Augenblick am Zimmer dreiunddreißig des Mozarteums vorbeigegangen zu sein, in welchem Glenn Gould in diesem Zimmer die sogenannte *Aria* spielte. Wertheimer berichtete mir von seinem Erlebnis, daß er, Glenn spielen hörend, vor der Tür des Zimmers dreiunddreißig stehengeblieben sei bis zum Ende der *Aria*. Damals ist mir klar gewesen, was ein Schock ist, dachte ich jetzt. Das sogenannte Wunderkind Glenn Gould war uns, Wertheimer und mir, kein Begriff gewesen und wir hätten es auch, wenn wir davon etwas gewußt hätten, nicht ernst genommen, dachte ich. Glenn Gould war kein Wunderkind, er war von Anfang an ein Genie auf dem Klavier, dachte ich, schon als Kind hatte ihm Meisterschaft nicht genügt. Wir, Wertheimer und ich, hatten sozusagen unsere Isolationshäuser auf dem Land und flohen sie. Glenn Gould baute sich seinen Isolationskäfig, wie er sein Studio nannte, in Amerika in Newyorknähe. Wenn *er* Wertheimer den *Untergeher* genannt hat, so will ich ihn, Glenn, als den *Nichtakzeptierer* bezeichnen, dachte ich. Das Jahr 1953 aber muß ich als das *verhängnisvolle* für Wertheimer bezeichnen, denn 1953 hat Glenn Gould in Leopoldskron die *Goldbergvariationen* in unserem Bildhauerhaus für niemanden andern als für Wertheimer und mich gespielt, Jahre, bevor er mit ebendenselben *Goldbergvariationen*, wie gesagt wird, mit einem Schlag die Weltberühmtheit geworden ist. 1953 hat Glenn Gould Wertheimer vernichtet, dachte ich. 1954 hatten wir nichts von ihm gehört, 1955 hat er die *Goldbergvariationen* im Festspielhaus gespielt, Wertheimer und ich hatten ihm vom Schnürboden aus zugehört, zusammen mit einer Reihe von Bühnenarbeitern, die sonst niemals ein Klavierkonzert gehört hatten, von Glenns Spiel aber begeistert gewesen sind. Glenn, der nie anders als *in Schweiß ausgebrochen* war, Glenn, der kanadische Amerikaner, der Wertheimer ungeniert den *Untergeher* genannt hat, Glenn, der im *Ganshof* so gelacht hat, wie ich niemals vorher und niemals nachher einen Menschen lachen gehört habe, dachte ich gegenüber Wertheimer, der das genaue Gegenteil von Glenn Gould gewesen ist, wenn ich dieses Gegenteil auch nicht beschreiben kann, aber ich werde den Versuch machen, dachte ich, wenn ich den *Versuch über Glenn* nocheinmal anfange. Ich werde mich in der Calle del Prado einsperren und über Glenn schreiben und ganz von selbst wird mir Wertheimer deutlich werden, dachte ich. Indem ich über Glenn Gould schreibe, werde ich mir Klarheit über Wertheimer verschaffen, dachte ich auf dem Weg nach Traich. Ich ging viel zu schnell und hatte während des Gehens keine Luft, mein altes Übel, an welchem ich jetzt schon über zwei Jahrzehnte leide. Indem ich über den einen

(Glenn Gould) schreibe, werde ich mir über den andern (Wertheimer) Klarheit verschaffen, dachte ich, indem ich die *Goldbergvariationen* (und *Die Kunst der Fuge*) des einen (Glenn) immer wieder höre, um dann über sie schreiben zu können, werde ich über die Kunst (oder Nichtkunst!) des Andern (Wertheimer) immer mehr wissen und auch aufschreiben können, dachte ich und ich sehnte mich aufeinmal nach Madrid und meiner Calle del Prado, nach meinem spanischen Zuhause, wie ich mich noch niemals nach einem Ort gesehnt hatte. Im Grunde war dieser Weg nach Traich ein deprimierender und wird doch, wie ich immer wieder dachte, ein zweckloser sein. Oder wird doch *nicht ganz so zwecklos* sein, wie ich im Augenblick dachte, dachte ich und ging noch schneller auf Traich zu. Das Jagdhaus kannte ich, es hat sich nichts verändert, war mein erster Eindruck, mein zweiter, daß es ein ideales Gebäude für einen Menschen sein müsse, wie Wertheimer, aber dann doch niemals das ideale Gebäude für ihn gewesen war, ganz im Gegenteil. Wie auch mein Desselbrunn für mich niemals das ideale, sondern das Gegenteil gewesen ist und ist, wie ich dachte, wenn auch alles den Anschein hatte, als sei Desselbrunn für mich (und meinesgleichen) ideal. Wir sehen ein Gebäude und glauben, es ist für uns (und für unseresgleichen) ideal und es ist überhaupt nicht ideal für unsere Zwecke und für die Zwecke von Unseresgleichen, dachte ich. Wie wir auch immer einen Menschen sehen als den für uns idealen, während er alles ist, nur nicht ideal für uns, dachte ich. Meine Vermutung, daß Traich abgesperrt ist, bewahrheitete sich nicht, das Gartentor war offen, selbst die Haustür, wie ich von weitem sah und ich ging auch gleich durch den Garten und durch das Haustor. Der Holzknecht Franz (Kohlroser), den ich kannte, begrüßte mich. Er habe erst heute früh vom Selbstmord Wertheimers gehört, alle seien sie entsetzt, sagte er. Die Schwester Wertheimers habe ihr Kommen für den nächsten Tag angekündigt, sagte er, die Frau Duttweiler. Ich solle weiter eintreten, er habe inzwischen alle Zimmerfenster aufgemacht, um frische Luft ins Haus hereinzulassen, sagte er, zu allem Unglück sei sein Kollege nach Linz gefahren auf drei Tage, er sei allein in Traich, *ein Glück, daß Sie gekommen sind*, sagte er. Ob ich Wasser trinken wolle, fragte er, er erinnerte sich sofort, daß ich Wassertrinker bin. Nein, sagte ich, jetzt nicht, ich hätte im Wirtshaus in Wankham, wo ich zu übernachten vorhabe, Tee getrunken. Wertheimer sei wie immer, nur auf zwei oder drei Tage weggefahren, er habe allerdings *gesagt*, daß er nach Chur zu seiner Schwester fahren werde, sagte der Franz. Keinerlei Anzeichen einer Auffälligkeit oder Merkwürdigkeit habe er an Wertheimer festgestellt, als dieser Traich verlassen hat, mit dem Auto, sagte der Franz, mit dem er sich bis Attnang Puchheim chauffiert habe, das Auto stehe mit Sicherheit noch dort am Bahnhofsvorplatz. Der Franz rechnete sich aus, daß es genau zwölf Tage sind, daß sein Herr in die Schweiz abgereist und daß er, wie er erst von mir erfahren habe, schon elf Tage tot sei. *Erhängt* hatte ich zum Franz gesagt. Er, Franz, fürchte, daß sich jetzt, nach dem Tod Wertheimers, seines Brotgebers, in Traich möglicherweise alles ändere, noch dazu, wo es sich bei der Duttweiler *um eine seltsame Person* handle, er hatte nicht gesagt, daß er sich jetzt vor dem Auftreten der Frau Duttweiler fürchte, aber er hat doch zu verstehen gegeben, daß er Angst habe, sie werde unter dem Einfluß des Schweizers, ihres Mannes, Traich völlig verändern, kann sein, daß sie Traich verkauft, hat der Franz gesagt, denn was solle sie, die in die Schweiz geheiratet habe, noch dazu so reich in die Schweiz geheiratet hat, mit Traich anfangen. Traich sei ja doch ganz das Haus ihres Bruders gewesen, von diesem vollkommen für seine Zwecke ausgebaut und hergerichtet und eingerichtet worden und so, daß es tatsächlich jedem An-

dern zuwider sein müsse, wie ich dachte, auf die Wertheimerweise nur für ihn. Wertheimers Schwester habe sich in Traich ja nie wohlgefühlt und ihr Bruder, so Franz, habe sie in Traich auch nie *aufkommen* lassen, alle ihre Traich betreffenden Wünsche seien von ihm nie erfüllt worden, ihre Ideen, Traich nach ihrem Geschmack zu verändern, habe er, Wertheimer, immer schon im Keim erstickt gehabt, sie in Traich übrigens immer nur *gepeinigt die Arme*, wie sich der Franz ausdrückte. Die Duttweiler müsse ja Traich geradezu hassen, meinte er, denn sie habe nicht einen glücklichen Tag in Traich gehabt, so Franz. Er erinnere sich, daß sie einmal, ohne ihn zu fragen, ob ihrem Bruder das recht sei, die Vorhänge aufgezogen habe in seinem Zimmer, worauf er sie wütend aus seinem Zimmer gejagt habe. Wollte sie Gäste einladen, hat er es ihr verboten, sagte der Franz, sie hatte sich auch nicht kleiden dürfen, wie sie wollte, hatte immer nur die Kleider zu tragen gehabt, die *er* an ihr sehen wollte, auch bei kältestem Wetter durfte sie niemals ihren Tirolerhut aufsetzen, denn ihr Bruder haßte Tirolerhüte und haßte, wie auch ich weiß, alles, das mit Tracht zu tun hat, wie er ja auch selber niemals etwas getragen hat, das auch nur im entferntesten an eine Tracht erinnerte, so war er naturgemäß hier, in der Gegend, immer sofort aufgefallen, denn alle tragen sie hier immer Tracht, vor allem die aus Tiroler Loden geschneiderte, die für diese klimatisch so schauerliche Lage im Vorgebirge tatsächlich wie keine andere die ideale Kleidung ist, dachte ich, die Tracht war ihm wie alles, das auch nur an die Tracht erinnerte, zutiefst zuwider. Als seine Schwester ihn einmal um Erlaubnis gebeten hat, auf den sogenannten *Bäckerberg* gehen zu dürfen auf eine Tanzveranstaltung im Zusammenhang mit dem Ersten Mai, mit einer Nachbarsfrau, hat er es ihr verboten, sagte der Franz. Und auf die Gesellschaft des Pfarrers habe sie
 selbstverständlich verzichten müssen, denn Werthei-

mer hasse den Katholizismus, dem seine Schwester in den letzten Jahren, wie auch ich wisse, völlig verfallen sei. Eine seiner Gewohnheiten sei es gewesen, die Schwester mitten in der Nacht aufzufordern, in sein Zimmer zu kommen, um ihm auf dem alten Harmonium, das er in seinem Zimmer stehen hat, etwas von Händel vorzuspielen, tatsächlich sagte der Franz *Händel.* Die Schwester habe um ein oder zwei Uhr in der Nacht aufstehen und sich ihren Schlafrock anziehen und in sein Zimmer kommen und sich an das Harmonium setzen müssen in dem kalten Zimmer und Händel spielen, sagte Franz, was natürlich zur Folge gehabt hat, sagte er, daß sie sich verkühlte und in Traich auch andauernd an Verkühlungen gelitten hat. Er, Wertheimer, habe die Schwester nicht gut behandelt, sagte der Franz. Er habe sich von ihr eine Stunde Händel vorspielen lassen auf dem alten Harmonium, sagte der Franz, und ihr dann in der Frühe beim gemeinsamen Frühstück, das sie in der Küche eingenommen hätten, gesagt, daß ihr Harmoniumspiel unerträglich gewesen sei. Er hatte sich von ihr vorspielen lassen, um wieder einschlafen zu können, sagte der Franz, denn der Herr Wertheimer litt ja immer an der Schlaflosigkeit und dann hat er ihr in der Frühe gesagt, sie spiele *wie eine Sau.* Wertheimer habe seine Schwester immer zwingen müssen, nach Traich zu kommen, er, Franz, glaube sogar, daß Wertheimer seine Schwester gehaßt habe, aber ohne sie in Traich nicht existieren habe können und ich dachte, daß Wertheimer immer von Alleinsein geredet hat, ohne tatsächlich allein sein zu können, er war kein *Alleinmensch*, dachte ich, und so hat er seine Schwester, die er im übrigen, obwohl er sie gehaßt hat, auch wie keinen anderen Menschen sonst auf der Welt, geliebt hat, immer nach Traich mitgenommen, um sie auf seine Weise zu *mißbrauchen.* Wenn es kalt wurde, so der Franz, habe er sich von seiner Schwester in seinem Zimmer einheizen lassen, während in ihrem Zimmer nicht geheizt werden durfte. Ihre Spaziergänge hat sie immer nur in die von ihrem Bruder vorgeschriebene Richtung und auch nur in der von ihrem Bruder vorgeschriebenen Länge machen dürfen und sich genau an die Zeit halten müssen, die er für ihre Spaziergänge bestimmt hat, so der Franz. Die meiste Zeit sei sie, so Franz, in ihrem Zimmer gesessen, aber sie habe keine Musik hören dürfen, das vertrug ihr Bruder nicht, daß sie sich, was sie so gern getan hätte, eine Schallplatte auflegte. Er, Franz, erinnerte sich noch genau an die Kinderzeit der beiden Wertheimer, als die beiden noch fröhlich in Traich angekommen seien, lustige Kinder, die zu allem aufgelegt gewesen sind, so Franz. Das Jagdhaus sei der liebste Spielplatz der beiden Wertheimerkinder gewesen. Die Zeit, in welcher die Wertheimerischen in England gewesen sind, in der Nazizeit, so Franz, sei es, während ein Naziverwalter in Traich gehaust habe, auf beängstigende Weise in Traich still gewesen, alles sei in dieser Zeit auch verkommen, nichts ist repariert, alles sich selbst überlassen worden, denn der Verwalter habe sich um nichts gekümmert, ein heruntergekommener Nazigraf habe in Traich gewohnt, aber von nichts etwas verstanden, so Franz, der Nazigraf habe Traich *beinahe ruiniert.* Nachdem die Wertheimer von England zurückgekommen seien, zuerst nach Wien, erst viel später wieder nach Traich, so Franz, hätten sie sich ganz auf sich selbst zurückgezogen gehabt, keinen Kontakt mit der Umgebung mehr aufgenommen. Er, Franz, sei wieder in ihre Dienste getreten, sie hätten ihn immer gut bezahlt und ihm die Tatsache, daß er ihnen auch während der Naziherrschaft und während ihrer ganzen Englandzeit die Treue gehalten habe, *immer gut geschrieben*, so er. Daß er sich in der sogenannten Nazizeit um Traich mehr gekümmert habe, als den Nazis recht gewesen war, so Franz, habe ihm nicht nur eine Verwarnung der Nazibehörden, sondern auch einen zweimonatigen Gefängnisaufenthalt in Wels eingebracht, seitdem hasse er Wels, fahre nicht mehr hin, selbst zur Volksfestzeit nicht. *Der Herr Wertheimer hat seiner Schwester nicht erlauben wollen, in die Kirche zu gehen*, sagte der Franz, aber sie ging *heimlich in die Abendandacht.* Die Eltern der jungen Wertheimer hätten von Traich nicht mehr viel gehabt, sagte der Franz, mit dem ich in der Küche stand, viel zu früh seien sie verunglückt. Sie wollten nach Meran, sagte der Franz. Der alte Wertheimer wollte ja nicht nach Meran, aber *sie* wollte, sagte er. Das verunglückte Auto hätte man erst zwei Wochen nach dem Absturz in die Schlucht bei Brixen aufgefunden, sagte er. In Meran haben die Wertheimer Verwandte, dachte ich. Schon der Urgroßvater Wertheimers habe ihn, Franz, in Traich angestellt, sagte er. Auch für seinen Vater sei die Anstellung bei den Wertheimer eine Lebensstellung gewesen. Die Herrschaft sei zu ihnen allen immer gut gewesen, habe sich nichts zuschulden kommen lassen, so sei es ganz natürlich auch umgekehrt nie zu Vorwürfen gekommen, so Franz. Er könne sich nicht vorstellen, was jetzt aus Traich werden würde. Was ich über den Herrn Duttweiler denke, wollte der Franz wissen, ich schüttelte nur den Kopf. Möglicherweise, so der Franz, kommt Wertheimers Schwester nach Traich, um Traich zu verkaufen. Das glaube ich nicht, sagte ich, ich könne mir absolut nicht vorstellen, daß die Duttweiler Traich verkaufe, obwohl ich dachte, daß es durchaus möglich sei, daß sie an einen Verkauf von Traich denke, aber ich sagte zum Franz nicht, was ich dachte, ich sagte ganz deutlich, nein, an das glaube ich nicht, daß die Duttweiler Traich verkauft, daran denke ich wirklich nicht. Ich wollte den Franz beruhigen, der sich naturgemäß Sorgen machte, seine Lebensstellung zu verlieren. Ohne weiteres ist es möglich, daß die Duttweiler, Wertheimers Schwester, nach Traich kommt und Traich verkauft, möglicherweise auf schnellstem Wege, dachte ich, sagte aber zum Franz,

ich sei überzeugt, daß Wertheimers Schwester, *die Schwester meines Freundes*, betonte ich ausdrücklich, Traich nicht verkauft, die haben so viel Geld, die Duttweiler, sagte ich zum Franz, daß sie es nicht notwendig haben, Traich zu verkaufen, während ich dachte, gerade weil die Duttweiler so viel Geld haben, denken sie vielleicht daran, Traich ganz einfach auf dem schnellsten Weg abzustoßen, sie verkaufen Traich sicher nicht, sagte ich und dachte, sie verkaufen Traich vielleicht sogar sofort und ich sagte zum Franz, er könne sicher sein, daß sich hier in Traich nichts ändere, während ich dachte, in Traich wird sich wahrscheinlich alles ändern. Die Duttweiler kommt her und regelt, was zu regeln ist, sagte ich zum Franz, nimmt die Hinterlassenschaft in die Hand, sagte ich und ich fragte den Franz, ob die Duttweiler allein oder mit ihrem Mann nach Traich komme. Das wisse er nicht, das hätte sie nicht mitgeteilt. Ich trank ein Glas Wasser und dachte während des Trinkens, daß ich in Traich immer das beste Wasser meines Lebens getrunken habe. Bevor Wertheimer in die Schweiz sei, habe er zwei Wochen lang eine Menge Leute nach Traich eingeladen, es habe Tage gedauert, bis er, Franz und sein Kollege, alles wieder in Ordnung gebracht hätten, Wiener, sagte der Franz, die noch nie in Traich gewesen waren, die aber ganz offensichtlich gute Freunde seines Herrn gewesen seien. Von diesen Leuten habe ich schon von der Wirtin gehört, sagte ich, daß diese Leute in der Gegend umhergezogen seien, Künstler, sagte ich, wahrscheinlich Musiker und ich dachte, ob es sich bei diesen Künstlern und Musikern nicht um Leute handelte, mit welchen Wertheimer einmal zur Schule gegangen ist, sozusagen um Hochschulkollegen aus seiner Wiener und Salzburger Akademiezeit. Am Ende erinnern wir uns an alle, die mit uns gemeinsam die Hochschule besucht haben und laden sie ein, nur um festzustellen,
 daß wir mit ihnen nicht mehr das geringste gemein ha-

ben, dachte ich. Auch mich hat Wertheimer eingeladen, dachte ich augenblicklich und mit was für einer Unerbittlichkeit, ich dachte an seine Briefe und vor allem an die letzte Karte an mich nach Madrid, ich hatte naturgemäß jetzt ein schlechtes Gewissen, denn ich brachte diese *Künstlereinladung* seinerseits auch mit mir in Zusammenhang, aber er hat nichts von diesen Leuten geschrieben, dachte ich, und zu allen diesen Leuten wäre ich auch gar nicht nach Traich gekommen, sagte ich mir. Was muß in Wertheimer vorgegangen sein, daß er, der nie jemanden nach Traich eingeladen hat, aufeinmal Dutzende Leute nach Traich kommen läßt, und seien es ehemalige Studienkollegen, die er im übrigen immer gehaßt hat; immer war wenigstens Verachtung zu spüren gewesen, wenn er von solchen ehemaligen Studienkollegen gesprochen hat, dachte ich. Was die Wirtin nur angedeutet hat und wovon sie ja auch nicht mehr wissen konnte, als daß sie sie in dieser auffälligen Künstlerkostümierung, in ihrem auffälligen Künstleraufzug durch die Gegend gehen und lachen und schließlich auch randalieren gesehen hat, war mir aufeinmal klar geworden: Wertheimer hat seine ehemaligen Studienkollegen nach Traich eingeladen und sie nicht gleich wieder verjagt, sondern sich tagelang, ja wochenlang in Traich austoben lassen *gegen sich.* Eine Tatsache, die mir völlig unverständlich erscheinen mußte, denn Wertheimer hat jahrzehntelang von diesen Studienkollegen nichts wissen wollen, niemals etwas von ihnen hören wollen und es wäre ihm nicht im Schlaf eingefallen, sie eines Tages nach Traich einzuladen, was er jetzt offensichtlich getan hatte, und zwischen dieser absurden Einladung und seinem Selbstmord besteht natürlich ein Zusammenhang, dachte ich. Vieles in Traich hatten diese Leute ruiniert, sagte der Franz. Wertheimer sei mit ihnen, was allerdings auch dem Franz aufgefallen war, *ausgelassen* gewesen, ganz und gar verändert habe er sich in diesen Tagen und

Wochen in dieser Gesellschaft gezeigt. Auch der Franz sagte, daß die Leute über zwei Wochen in Traich gewesen seien und sich von Wertheimer aushalten ließen, er sagte tatsächlich *aushalten*, genauso wie die Wirtin es gesagt hatte in bezug auf diese Leute aus Wien. Nachdem die ganze Gesellschaft, die keine Nacht zur Ruhe gekommen sei, sich jeden Tag besoffen gemacht habe, weg gewesen sei, habe sich Wertheimer ins Bett gelegt, um zwei Tage und Nächte nicht mehr aufzustehen, so Franz, der in der Zwischenzeit den Schmutz dieser Stadtleute weggeräumt, überhaupt das ganze Haus wieder in einen *menschenwürdigen Zustand* versetzt habe, um dem Herrn Wertheimer den Anblick der Verwüstung von Traich zu ersparen, wenn er wieder aufsteht, so Franz. Was ihm, Franz, aber besonders aufgefallen sei, nämlich daß Wertheimer sich aus Salzburg ein Klavier herbeischaffen hatte lassen, um darauf zu spielen, sei sicher für mich von Bedeutung. Einen Tag bevor die Leute aus Wien angekommen seien, habe er sich in Salzburg ein Klavier *bestellt* und nach Traich bringen lassen und auf diesem Klavier gespielt, zuerst für sich allein, dann, als die ganze Gesellschaft da gewesen war, für diese Gesellschaft, Bach, sagte der Franz, habe Wertheimer ihnen vorgespielt, Händel und Bach, was er ja über ein Jahrzehnt nicht mehr getan hat. Wertheimer habe, so der Franz, pausenlos Bach auf dem Klavier gespielt, so daß die Gesellschaft es nicht mehr ausgehalten hat und aus dem Haus gegangen ist. Kaum war die Gesellschaft wieder im Haus, hat er wieder angefangen, Bach zu spielen, bis sie wieder hinausgegangen ist. Vielleicht hat er sie mit dem Klavierspiel alle wahnsinnig machen wollen, sagte der Franz, denn kaum waren sie da, hat er ihnen Bach und Händel vorgespielt, solange bis sie davongelaufen sind, ins Freie und wenn sie zurückgekommen waren, hatten sie wieder sein Klavierspiel in Kauf nehmen müssen. So über
 zwei Wochen lang, sagte der Franz, der bald glauben

mußte, daß sein Herr wahnsinnig geworden sei. Er habe gedacht, die Gäste werden das nicht lange aushalten, daß Wertheimer ihnen immer und ununterbrochen auf dem Klavier vorspielt, aber sie seien doch zwei Wochen, *über zwei Wochen* geblieben, ausnahmslos, er, Franz, habe, weil er ja gesehen hat, daß Wertheimer seine Gäste tatsächlich wahnsinnig gemacht hat mit seinem Klavierspiel, den Verdacht, daß Wertheimer die Gäste bestochen hat, ihnen Geld gegeben hat, damit sie in Traich bleiben, denn ohne eine solche Bestechung, also ohne *Geldzuwendung*, so Franz, wären sie sicher nicht über zwei Wochen geblieben, um sich von Wertheimers Klavierspiel wahnsinnig machen zu lassen und ich dachte, daß der Franz möglicherweise recht hat mit seiner Behauptung, Wertheimer habe den Leuten Geld gegeben, sie tatsächlich bestochen, wenn auch vielleicht nicht mit Geld, so doch mit etwas Anderem, damit sie zwei Wochen, ja *über* zwei Wochen bleiben. Denn sicher hat er es haben wollen, daß sie über zwei Wochen bleiben, dachte ich, denn sonst wären sie nicht über zwei Wochen geblieben, ich kenne Wertheimer zu gut, um ihm nicht eine solche Pression zuzutrauen, dachte ich. Immer nur Bach und Händel, sagte der Franz, ununterbrochen, *bis zur Bewußtlosigkeit.* Schließlich habe Wertheimer für alle diese Leute im großen Speisezimmer unten ein, wie Franz sich ausdrückte, *fürstliches Nachtmahl* auftragen lassen und ihnen gesagt, daß sie am nächsten Morgen verschwunden zu sein hätten, mit seinen eigenen Ohren habe er, Franz, gehört, wie Wertheimer gesagt hat, daß er sie alle am nächsten Morgen nicht mehr zu sehen wünsche. Tatsächlich hat er ihnen allen ohne Ausnahme, für den nächsten Morgen und zwar schon für vier Uhr früh, Taxis bestellen lassen aus Attnang Puchheim und wären sie alle mit diesen Taxis weggefahren, das Haus in einem katastrophalen Zustand hinterlassend. Er, Franz, habe sofort und ohne Umschweife angefangen, das

Haus in Ordnung zu bringen, er habe nicht wissen können, so er, daß sein Herr noch zwei Tage und zwei Nächte im Bett liegen bleibe, das sei aber gut gewesen, denn Wertheimer habe das notwendig gehabt und es hätte ihn zweifellos der Schlag getroffen, so Franz, wenn er gesehen hätte, in was für einem Zustand die Leute das Haus hinterlassen haben, tatsächlich haben sie mutwillig noch eine Reihe von Gegenständen *zerstört*, so Franz, Sessel und sogar Tische umgeworfen, bevor sie Traich verließen und ein paar Spiegel und ein paar Glastüren eingeschlagen wahrscheinlich aus Übermut, so Franz, aus Wut darüber, von Wertheimer mißbraucht worden zu sein, dachte ich. Tatsächlich stand da, wo ein Jahrzehnt lang keins mehr gestanden war, jetzt ein Klavier, wie ich sah, nachdem ich mit dem Franz in den ersten Stock hinaufgegangen war. Ich interessierte mich für Wertheimers Aufzeichnungen, hatte ich noch unten in der Küche zum Franz gesagt, der mich daraufhin anstandslos in den ersten Stock hinaufgeführt hatte. Das Klavier war *ein Ehrbar* und nichts wert. Und es war, wie ich gleich festgestellt hatte, vollkommen verstimmt, durch und durch ein Dilettanteninstrument, dachte ich. Und ich sagte zum Franz, der hinter mir stand, mich umdrehend, auch noch, *durch und durch ein Dilettanteninstrument.* Ich hatte mich nicht beherrschen können und mich an das Klavier gesetzt, und seinen Deckel gleich wieder zugeschlagen. Für die Zettel, die Wertheimer vollgeschrieben habe, interessierte ich mich, sagte ich zum Franz, ob er mir sagen könne, wo diese Zettel seien. Er wisse nicht, was für Zettel ich meinte, sagte der Franz, um dann doch von der Tatsache zu berichten, daß Wertheimer an dem Tag, an welchem er sich in Salzburg, *im Mozarteum*, sagte er, das Klavier bestellt habe, also einen Tag, bevor die vielen Leute nach Traich gekommen sind, die Traich mehr oder weniger verwüstet haben, ganze Haufen von Zetteln im sogenannten unteren Ofen, also im Speisezimmerofen, verbrannt habe. Er, Franz, habe seinem Herrn dabei geholfen, denn die Zettelstöße seien so groß und schwer gewesen, daß Wertheimer selbst sie nicht hinunterschleppen habe können. Er habe aus allen Laden und Kasten Hunderte und Tausende Zettel herausgenommen und mit ihm, Franz, in das Speisezimmer hinuntergeschleppt, um sie zu verbrennen, allein zu diesem Zweck, die Zettel zu verbrennen, habe er an diesem Tag schon um fünf Uhr früh von Franz den Speisezimmerofen heizen lassen, sagte der Franz. Wie die Zettel alle verbrannt waren, *alles Geschriebene*, wie sich der Franz ausdrückte, habe er, Wertheimer, nach Salzburg telefoniert und das Klavier bestellt und der Franz erinnerte sich noch genau, daß sein Herr während dieses Telefonats immer wieder betont habe, man solle ihm *einen völlig wertlosen, einen entsetzlich verstimmten Flügel* nach Traich schicken. *Ein völlig wertloses Instrument, ein entsetzlich verstimmtes Instrument*, soll Wertheimer immer wieder am Telefon gesagt haben, so der Franz. Schon Stunden später hätten vier Leute das Klavier in Traich abgeliefert und in das frühere Musikzimmer gestellt, so Franz, und Wertheimer habe den Männern, die das Klavier in das Musikzimmer gestellt hatten, *ein horrendes Trinkgeld* gegeben, wenn er sich nicht geirrt habe, und er habe sich nicht geirrt, sagte er, *zweitausend Schilling.* Die Klavierbringer waren noch nicht weggewesen, so der Franz, habe sich Wertheimer an das Klavier gesetzt und habe zu spielen angefangen. Es sei entsetzlich gewesen, so Franz. Da habe er, Franz, den Eindruck gehabt, sein Herr sei wahnsinnig geworden. Aber an ein Wahnsinnigwerden Wertheimers habe er, Franz, doch nicht glauben wollen und das immerhin merkwürdige Verhalten Wertheimers, seines Herrn, nicht ernst genommen. Wenn ich mir etwas davon verspreche, sagte der Franz zu mir, werde er mir schon einmal die Tage und Wochen schildern, die sich darauf in Traich abgespielt haben. Ich bat den Franz, mich für einige Zeit in Wertheimers Zimmer allein zu lassen und legte mir Glenns *Goldbergvariationen* auf, die ich auf Wertheimers Plattenspieler liegen gesehen hatte, der noch offen war.